Woher ich meine Sommersprossen habe

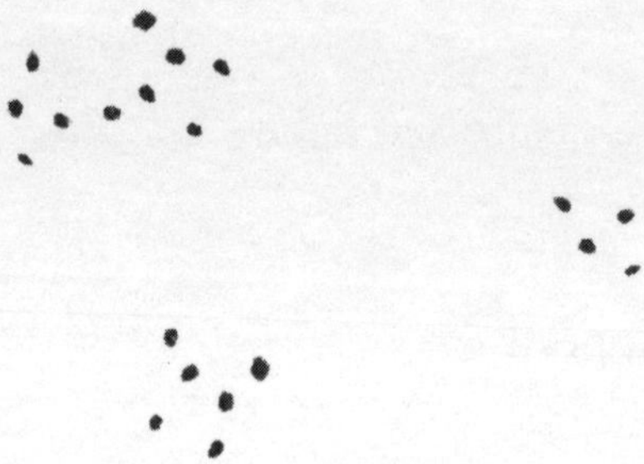

Nikola Huppertz

Woher ich meine Sommersprossen habe

THIENEMANN

In Erinnerung an die, die viel zu früh gestorben sind:
Peter Zerbes, den ich nur noch durch seine Malerei kennenlernen konnte,
Felix Franchy, der in seinen Filmen weiterlebt,
und Michael Zerbes, den sich die Straße geholt hat.
Keiner von ihnen hatte ein Kind.
Glaube ich.

1.

Verdammt, er darf das nicht wissen.
Er darf es niemals wissen.
Nie.

***

Ein Baum. Nur ein Baum am Straßenrand, Frontalaufprall, und dann ist einer tot.

Schrecklich.

Aber dass ich jetzt traurig sein muss, seh ich auch wieder nicht ein. Also, wegen Markus. Oder soll ich vielleicht sagen: wegen Papa? Soll man wegen jemandem traurig sein, den man überhaupt nicht gekannt hat? Und er einen logischerweise genauso wenig?

»Bist *du* denn traurig?«, frage ich Mama.

Seit sie eben diesen Anruf bekommen hat, ist sie ziemlich grün um die Nase und feuchte Augen hat sie auch, aber mal ehrlich, sie hatte mit meinem Vater ja überhaupt nichts zu tun, die letzten zwölf Jahre. Kein Treffen, kein Kontakt, nix. Als hätte es diesen Markus Lorenz überhaupt nicht gegeben. Nicht mal geredet hat sie über ihn oder nur das Allernötigste, wenn ich mal was wissen wollte, Name, Alter, »Typ aus Berlin« und solche Dinge. Alles Weitere: Fehlanzeige. Ich schätze, sehr viel mehr wusste sie selbst nicht über ihn. Und jetzt das: »Tja, also … irgendwie bin ich schon ziemlich traurig.«

Ich betrachte Mama, wie sie da in ihrem Sessel sitzt, sich die Hände zwischen den übereinandergeschlagenen Knien zerquetscht und nicht weiß, wo sie hingucken soll mit diesen Pfützenaugen.

Mich guckt sie jedenfalls nicht an. Und zu Jamal, der die ganze Zeit dasteht, wie um ihr zuzuhören, falls sie noch irgendwas sagen will, blinzelt sie auch nicht mal hoch, vielleicht ist es ihr peinlich vor ihm mit dem Traurigsein. Obwohl Jamal eigentlich nicht aussieht, als würde es ihn sonderlich stören. Jamal stört nichts so leicht, jedenfalls nicht, wenn es mit Mama zu tun hat. Und falls doch, zum Beispiel wenn sie mal richtig fies zu ihm ist oder ihn rumkommandiert, dann motzt er kurz und zeichnet zur Rache einen genauso fiesen Cartoon über sie, den er an den Kühlschrank hängt, und dann müssen sie irgendwann lachen und Mama entschuldigt sich bei ihm, und es ist wieder gut. Wahrscheinlich könnte sie um hundert andere Männer weinen und er wüsste trotzdem, dass sie nur ihn liebt.

»Komm, Lisse«, sagt er jetzt auch bloß mit seiner lauten, warmen Stimme und streckt mir eine Hand entgegen. »Wir kümmern uns mal ums Essen.«

Und das halte ich für eine ziemlich gute Idee. Essen muss der Mensch, sonst stirbt er.

»Was machen wir?«, frage ich in der Küche.

Manchmal, bei besonderen Gelegenheiten oder auch einfach mal so, wenn er gerade Lust darauf hat, kocht Jamal Ghanaisch, wie er es noch von seinen Eltern kennt. Und das ist echt was anderes als Pizza oder Burger, vor allem, weil es dieses Omaopamäßige hat, davon bekomme ich ja sonst eher nicht so viel.

»Ich hab Schwarzaugenbohnen eingeweicht«, antwortet er. »Wäre das was?«

»Hm.« Ehrlich gesagt hab ich was Besseres erwartet. In Kochdingen hat Jamal nämlich deutlich mehr drauf, das muss ich ja mal sagen.

»Mit frittierten Bananen?« Er zwinkert mir zu.

»Ja, *dann* ja.« Ich öffne den Vorratsschrank, hole ein paar Kochbananen heraus und mache mich ans Schälen.

Ghanaisch kochen, das ist ein bisschen wie eine Reise nach Afrika. Nicht, dass ich schon mal dort war. Jamal war selbst erst ein einziges Mal da, genauer gesagt in Ghana, sechs Wochen, mit dem Rucksack. Das war früher, als er noch studiert hat beziehungsweise als er gerade *nicht* studiert hat, also in den Semesterferien. Und da war ich noch nicht mal auf der Welt. Soll heißen, ich weiß gar nicht, wie es in Afrika ist.

Aber wenn es in unserer Küche anfängt, nach Fufu zu riechen oder nach Erdnusssoße oder Vanille, dann stell ich mir sofort alles Mögliche vor, Palmen und Affenbrotbäume und bunte Vögel. Ich denke an Regenwälder voller Meerkatzen und an Steppen mit Elefanten, ich denke an den riesigen Stausee und natürlich ans Meer. Jamal sagt, in Ghana gebe es große Städte, Accra habe genauso viele Einwohner wie Berlin, Kumasi mehr als Hamburg und Tamale fast so viele wie Hannover, und überhaupt sei nicht alles nur *schön*, sondern manches auch ziemlich scheußlich, wie in jedem Land. Aber die ganze wilde Natur, die gibt es eben auch, und ich finde, solange man im Kopf reist, kann man ruhig dorthin fliegen, wo es am schönsten ist. Falls nötig, verschönert man es sich sogar noch ein bisschen. Und später, wenn *ich* mal studiere, flieg ich dann mit dem Flugzeug rüber und schau mir alles in echt an, das Schöne und das Nicht-so-Schöne. Dann weiß ich, wie es wirklich ist.

Jamal stellt den Herd an und streut Salz in den Bohnentopf. »Noch irgendwelche Pläne für heute?«, fragt er und legt mir ein Schneidebrett hin. »Spontane Übernachtungsaktion oder so was?«

Ich schüttle den Kopf. »Sind ja alle noch im Urlaub, Fenja und Hanna und die anderen, bis auf Amelie, und die ist eine Arschkuh.«

»Aha. Dann wird's wohl Zeit, dass die Schule wieder losgeht, hm?«

»Sehr witzig«, sage ich.

Er lacht.

Mir selbst ist allerdings nicht nach Lachen zumute, und als Jamal das bemerkt, hört er schnell wieder auf.

»Du, ich schlag vor, wir zwei machen nach dem Essen noch was Nettes und lassen Solveig ein bisschen in Ruhe, was meinst du?«

Ich platziere die Bananen auf dem Brett, nehme mir ein Messer und fange an, sie in Scheiben zu schneiden. »Was denn?«

»Film vielleicht? Oder in den Park, Wikingerschach spielen?«

Ein Weilchen warte ich darauf, dass ich Lust kriege. Aber komisch, sie kommt einfach nicht. Ich gebe ihr noch eine letzte Chance, dann hebe ich den Kopf und sehe Jamal in die Augen, die genauso dunkel sind wie die der Schwarzaugenbohnen. »Lieber ein andermal. Ich will nach dem Essen auch ein bisschen allein sein. Ich … ich hab heute noch nicht Schlagzeug geübt. Ist das okay, Jamal?«

Einen Moment ist es still.

»Ja, Scheiße, Lisse«, sagt er dann, nimmt mir das Messer aus der Hand und drückt mich fest an sich. »Dein Vater ist ja auch tot. Scheiße, Scheiße, Scheiße.«

Dein Vater ist tot. Ich greife nach meinen Sticks und trommle den Satz: Bumm di-di bumm crash. Setze Kopfhörer auf, suche mir auf dem iPod einen mittelschnellen Groove aus, acht mal acht Takte, und mache mich bereit für das Bruchstückchen Zeit, in dem die Musik einsetzt und einem dieses kribbelige Gefühl in Arme und Beine schießt, das einen mit ihr verbindet.

Trommeln, das ist das Beste, aber leider darf ich nur dreißig

Minuten am Tag ans Schlagzeug, dann steht Mama auf der Schwelle oder, wenn sie nicht da ist, Jamal und macht das Es-tut-mir-ja-wirklich-leid-aber-…-Gesicht. Und mittags oder nach zwanzig Uhr geht schon mal gar nichts, allerhöchstens auf dem Übepad.

Nichts gegen Mama oder Jamal, sie sind die Okaysten der Welt, aber vom Trommeln haben sie leider keinen blassen Schimmer. Das ist nämlich was ganz anderes, als die Anlage anzustellen, um am Feierabend ein bisschen Musik zu hören, in Zimmerlautstärke, versteht sich.

Schlagzeugspielen, das ist …

Ich hole aus und lege mich in den Groove.

… das ist was Totales. Das kann man nicht nur *ein bisschen* machen.

Wenn *ich* später mal ein Kind hab, darf es jedenfalls trommeln, so viel es will. Es muss nicht erst zwei Jahre betteln, bis es überhaupt ein Drumset bekommt und Unterricht nehmen darf wie ich. Es muss sich auch nichts über hellhörige Altbauwohnungen anhören und Nachbarschaftsbeschwerden und Hausregeln. Ich zieh dann nämlich mit dem Kind aufs Land, irgendwohin, wo niemand drumherum wohnt, und wir trommeln Tag und Nacht.

Di-di-di da-da-da du-du-du crash.

Der Groove ist zu Ende und der iPod wechselt zum nächsten Track, der schneller ist als der vorige. Aber irgendwie ist mir gerade mehr nach langsam, also skippe ich vor bis *Groove eight slow.* Warte auf meinen Einsatz, und nachdem sich wieder dieses spezielle Gefühl in mir breitgemacht hat, dass die Musik mich spielt und nicht ich sie, gucke ich über die Trommeln hinweg aus meinem Zimmerfenster. Draußen sieht alles aus, wie es aussehen muss: die Dächer und Giebel der Stadt und darüber der Sommerhimmel mit seinen Federwolken und Kondensstreifen. Auf einer Antenne mehrere

Häuser weiter sitzt ein Vogel in der Abendsonne, vielleicht eine Möwe oder eine Elster, und in der Nische vor dem zugemauerten Fenster im Nachbarhaus kuschelt mal wieder das verliebte Taubenpaar und hört mir zu.

Ist natürlich noch ziemlich lange hin, bis ich aus Hannover weggehe, und ehrlich gesagt hab ich's auch gar nicht furchtbar eilig damit. Denn wenn man erst mal erwachsen ist, ist das Leben womöglich so gut wie vorbei … man weiß schließlich nie, wann man mal stirbt. Und abgesehen von der Dreißig-Minuten-Regel ist es ja auch echt gut bei uns, so gemütlich irgendwie und -

Frrrrrrr. Beckenwirbel, und auch der langsame Groove ist zu Ende. Ich stelle den iPod aus, nehme die Kopfhörer ab und trommle ohne weiter.

Bumm di-di bumm crash. *Dein Vater ist tot.*

Das ist doch bescheuert. Jetzt fühle ich mich traurig, obwohl ich gar nicht traurig sein *müsste*. Und ich bin es auch nicht wegen ihm. Ich bin traurig, weil Mama so traurig ist. Und wenn sie gleich kommt, damit ich Schluss mache, frag ich sie, was das bitte soll.

Denn eigentlich ist doch alles wie immer.

2.

Im Wohnzimmer höre ich die *Tagesschau* laufen, aber als ich eintrete, sitzt keiner davor. Dafür kommt ein verdächtiger Geruch von draußen reingezogen, und schon ehe ich ihn am Balkontisch sitzen sehe, weiß ich, dass Jamal sich erlaubt hat, eine von seinen gelegentlichen Heute-geht-es-nicht-ohne-Zigaretten zu rauchen. Was bedeutet, dass nun doch irgendwas auf ihn übergeschwappt sein muss.

Auch das noch.

»Wo ist Mama?«, rufe ich ihm durch die sperrangelweit geöffnete Glastür zu.

»Runde um den Block gegangen.«

»Dann hast *du* vergessen, mir zu sagen, ich soll aufhören zu trommeln. Es ist fünf nach acht.«

Er zieht noch mal kräftig an seiner Zigarette, stößt Qualm aus Nase und Mund, drückt den runtergebrannten Stummel im Aschenbecher aus. »Hat doch auch von selbst geklappt, oder nicht?« Eingehüllt in eine Wolke Zigarettengestank kommt er zurück in die Wohnung.

»Blödi. Das sagst du nur, weil du unbedingt rauchen und das Wohnzimmer verpesten musstest.«

»Blödine.« Jamal gibt mir einen Stups. Dann setzt er sich auf die Couch, um den Rest der Nachrichten anzusehen.

Ich hocke mich neben ihn auf die Armlehne, drücke mir ein Sofakissen vor die Nase und versuche, ein bisschen was von dem aufzuschnappen, was der bebrillte Sprecher über die Lage der Welt im Allgemeinen und die Ereignisse des Tages im Besonderen erzählt. Aber der Erfolg ist mäßig. Ich höre was, und schon ist es wieder weg, *puff.* Als würde sich jede Neuigkeit in Sachen Atomausstieg, Flüchtlingsströme und Bundestagsdebatten hinter dem einen Ereignis verstecken, das für immer mit diesem Sonntag im August verbunden ist, selbst wenn es schon ein paar Wochen zurückliegt.

Nach dem Auftritt des Meteorologen, Herrn Seitenscheitel, und seinen fröhlichen Worten über die anhaltende Schönwetterperiode, verabschiedet sich Herr Brille, wünscht der Nation noch einen guten Abend, und die feierliche Abschlussfanfare ertönt. Jamal greift zur Fernbedienung und stellt den Fernseher stumm. »Doch noch ein Filmchen?«, fragt er.

»Nee.«

Der Bildschirm wird schwarz.

»Sondern?«

Vorsichtig lasse ich das Kissen sinken und schnuppere. Der Zigarettengestank hat sich einigermaßen verzogen. »Ich glaub, ich geh mal gucken, ob ich sie finde«, sage ich. »Also, Mama. Und rede mit ihr.«

»Weiß nicht, ob das so eine gute Idee ist.«

»Aber ich weiß das. Sie hat schließlich nur uns zum Reden. Dich und mich. Du würdest vielleicht deine Mutter anrufen, wenn du was hättest, aber Mama, die macht so was nicht. Die kriegt doch schon die Krise, wenn sie Oma oder Opa zum Geburtstag gratulieren muss.«

Jamal streicht sich übers Kinn. »Na gut. Bleib nur nicht ewig draußen. Nachher rennt ihr noch aneinander vorbei und –«

»Jajaja, entspann dich!«, falle ich ihm ins Wort. »Wäre nett, wenn wenigstens du gerade mal ein bisschen normal bleiben könntest. Dafür erlaub ich dir auch noch ein, zwei Zigaretten extra, okay? Und dann setzt du dich an den Schreibtisch und zeichnest an deiner *Schwarzen Lilie* weiter, sonst kriegst du wieder Abgabestress.«

Er schneidet eine Grimasse, grinst. »Okay. Bis nachher, Süße.«

Der Himmel ist ausgeblichen wie ein verwaschenes Laken, aber auf der Seite, wo sich hinter den Häusern die Sonne versteckt, leuchtet er noch knallig orange, und die Wärme des Tages hängt in den Mauern fest, als wollten sie sie nie wieder hergeben.

Es ist einer dieser Abende, an denen man zum ersten Mal an den Herbst denken muss, an nass geregnete Jeans und kalte Hände, und dann schiebt man den Gedanken ganz schnell wieder weg, weil der Herbst natürlich noch tausend Kilometer entfernt ist, und fängt in seinen kurzen Hosen an zu rennen. Einfach los, den Bürgersteig entlang, dass die Sandalen nur so auf die Betonplatten klatschen.

Stehen bleibe ich erst auf dem kleinen Platz beim Buchladen. Bis sich mein Atem beruhigt hat, stelle ich mich vors Schaufenster und sehe mir die Reiseführer an, die für all die Glücklichen, die in den Ferien wegfahren, darin ausgestellt sind: Gardasee, Bayrischer Wald, Südschweden, Rhön, Provence, Istrien. Dann gehe zum Spielplatz rüber, der um diese Zeit glücklicherweise frei von allen Kleinkindern ist, und setze mich auf die Schaukel. Hier müsste Mama auf jeden Fall vorbeikommen, egal, ob sie die Flussrunde gegangen ist oder die Limmerstraßenrunde.

Abstoß mit den Füßen, Rücken durchbiegen, Beine in die Luft. In Sekundenschnelle schwinge ich so hoch, dass in dem Moment, in dem aufwärts in abwärts übergeht und abwärts in aufwärts, jedes Mal ein Ruck durch die Ketten fährt.

»Liiiis-seeee!«

Gottogott. Ich falle fast vom Schaukelbrett. Dann bremse ich und lasse mich ausschwingen.

Amelie. Auf Gassigang mit Wölkchen.

»Was machst du da?« Sie bleibt vor der kleinen Mauer, die den normalen Platz vom Spielplatz trennt, stehen.

»Das siehst du doch wohl, ich schaukle.«

»Allein?«

»Ich warte.«

»Auf wen?«

»Meine Mutter, wieso?«

»Dacht ich's mir.« Amelie guckt mit wissender Miene zu mir rüber. Sogar Wölkchen reckt verschwörerisch den Wuschelkopf über die Mauer. »Ich hab sie gesehen. Aber sie mich nicht. Sie ist einfach an mir vorbeigegangen und ...«

Geheimnisvolle Pause.

»Was, und?«, fauche ich.

»Nichts, nichts.«

Das macht mich irre.

»Was Besseres als vorbeigehen kann man auch nicht machen, wenn man dich sieht!«

»Ich kann's dir ja meinetwegen sagen«, erwidert Amelie. »Wenn du dir sicher bist, dass du's wirklich wissen willst ...«

»Trallala«, singe ich. »Ist das schön, so allein hier draußen.«

»Also, sie hat –«

»Trallala!« Ich stoße mich wieder ab, schwinge mich in meine alte Höhe empor. »Trallala, trallala, trallala.« Und ich höre erst wieder auf zu singen, als Amelie und Wölkchen längst verschwunden sind.

»Hast du unterwegs mit dir selbst geredet?«, frage ich, als Mama und ich uns mit unseren Eiswaffeln auf den Rand vom Marktbrunnen gesetzt haben.

»Möglich, wieso?«

»Du könntest wenigstens dein Handy ans Ohr halten.« Ich lecke an meiner Kugel Tiramisu, die so sahnig ist, dass man gleich die halbe Ladung im Mund hat. »Oder dir ein Headset aufsetzen. Sonst hält man mich für die Tochter einer Verrückten.«

Sie zuckt mit den Achseln. »Du redest auch manchmal mit dir selbst. Liegt in der Familie, fürchte ich.«

Dazu sage ich nichts. »Mama?«, frage ich stattdessen.

»Ja?«

»Wer war das eigentlich heute, der dich angerufen hat?«

Sie schlägt die Beine übereinander und verfällt in einen Fernblick, als würde sich gar nicht mehr der Marktplatz mit all den Leuten, die ein Sommerabendbier trinken, vor ihr befinden, sondern ganz was anderes. »Ein Freund von Markus, Benedikt Soundso.«

»Kanntest du den?«

»Nein.

»Und woher wusste der deine Nummer?«

»Er hat sie rausgefunden. Auskunft, Internet, was weiß ich.« Sie hält kurz inne. »Er sagte, Markus hätte viel von mir geredet.«

»Oh.«

Wir essen weiter Eis. Ich versuche mir einen *Typ aus Berlin* vorzustellen, der seinem Freund Benedikt Soundso von meiner Mutter erzählt, die er früher mal gekannt hat, aber es geht nicht. Obwohl ich sonst echt gut in so was bin. Ich kann sogar dem rosaroten Elefanten, an den man gerade *nicht* denken soll, von einer Sekunde auf die andere ein silberglitzerndes Ganzkörperkostüm anziehen und ihn dann in einem Zirkuszelt verschwinden lassen, über dem ich davonschwebe, bis es nur noch ein winziges Pünktchen Welt zwischen einer Million anderen ist. Aber diesmal bleiben vor meinen Augen einfach nur der Marktplatz und die Sonnenschirme vor den Cafés und Mama mit ihrer kunstvoll zurechtgeleckten Kugel Walnuss stehen.

»Hat er dir gesagt, wie das gekommen ist mit dem Baum?«, frage ich irgendwann und werfe einer Taube ein Stück Waffel vor die verkrüppelten Füße. »Dass er dagegengefahren ist?«

Mama atmet tief ein, bevor sie antwortet. »Es ist nachts passiert, im Dunkeln, und er hatte wohl was getrunken ... ziemlich viel getrunken, nehme ich an.« Ihre Stimme beginnt trotz des Luftholens gefährlich zu wackeln, und ich frage sicherheitshalber nicht weiter. Obwohl es mich ja schon interessieren würde, warum sie ausgerechnet *das* so fertigmacht. Ich meine, wenn ihm nun einer die Vorfahrt genommen hätte oder dergleichen. Aber einer, der betrunken Auto fährt, hat ja im Grunde selber Schuld, wenn was passiert. Weiß doch jeder, wie gefährlich das ist. Da kann man regelrecht froh sein, dass er nicht noch andere Leute über den Haufen gefahren hat.

»Schön blöd!«

Mama antwortet nicht, obwohl sie sich sonst immer darüber aufregt, wenn einer was trinkt und dann noch fährt, und mit einem kleinen Schreck fällt mir ein, dass es sich ja um meinen *Vater* handelt, von dem ich das sage.

»War er denn wenigstens auch nett?«, frage ich.

Da lässt sie ihr Eis sinken und wendet mir das Gesicht zu. Sagt: »Sicher. Er war auch nett, der schöne Blödmann.«

3.

Wenn ich irgendwas hasse, ist es, nicht einschlafen zu können. Ganz besonders im Sommer. Da liegt man dann in seinem viel zu heißen Bett unter dem Dach und weiß nicht, wohin mit seiner Decke und seinem abgeschabten Frotteefant, der eigentlich längst aussortiert gehört, aber ohne geht es auch irgendwie nicht, weil er immer schon da war, immer und immer. Man dreht alle fünf Minuten sein Kopfkissen auf die kühle Seite und wühlt eine neue Delle hinein, die aber auch gleich warm wird, und es juckt einen wie irre am Hinterkopf. Also setzt man sich wieder auf und bewegt sein Bettzeug, aber jedes Mal bewegen sich auch alle Gedanken im Kopf, und beim Hinlegen ist man so wach, als wäre man gerade eine Runde um den Sportplatz gejoggt. Gedankenjogging nennt man das, und es ist eine erstklassige Wachbleib-Technik, so viel kann ich sagen. Besonders wirkungsvoll ist es, wenn die Gedanken dabei von einem toten Vater handeln, den man nicht kannte. Ich schätze, kaum was anderes hält einen besser wach.

Ein toter Vater *allein* würde es längst nicht so bringen. Ich stell mir jedenfalls vor, über den ist man grauenvoll traurig, sodass man nur noch heulen kann, und wenn die Tränen aufgebraucht sind, wird man so müde, dass man einfach einschläft. Weinen ist ja ein super Beruhigungsmittel.

Ein Vater, den man nicht kennt, hält einen auch noch lange nicht vom Schlafen ab. So einen hab ich schließlich zwölf Jahre gehabt, und obwohl ich schon ziemlich oft nicht einschlafen konnte, hat es noch nie an ihm gelegen. Es lag daran, dass wir am nächsten Tag eine fiese Arbeit geschrieben haben oder dass ich auf dem Schlagzeug einen Rhythmus nicht so hingekriegt hab, wie er sein sollte, dass ich mich mit Fenja und Hanna gestritten hatte oder dass Amelie in der Schule mal wieder falsche Sachen rumerzählte und ich mich total aufgeregt hab. An Markus hab ich beim Gedankenjogging nie gedacht. Nicht eine Minute.

Aber ein toter *plus* unbekannter Vater … puh.

Ein Typ. Ein toter Typ am Straßenrand. Da fragt man sich doch, wie das wohl ausgesehen hat. Und was er zuletzt gedacht hat mit seinem betrunkenen Kopf. Was ihm in dem kurzen Moment, als er die Kontrolle über das Lenkrad verlor und der Baum im Scheinwerferlicht auf ihn zuraste, in den Sinn gekommen ist. Ob er vielleicht an Mama gedacht hat, von der er seinem Freund Benedikt Soundso vorher so viel erzählt hatte. An Solveig Falke, in die er vor langer Zeit mal verknallt gewesen war. Und ob er wohl auf die Idee gekommen ist, dass diese Solveig ein Kind von ihm hat.

Nein, warum sollte er.

Wahrscheinlich hat er an die Frau gedacht, in die er *zuletzt* verknallt war. Oder an die Tiere der Nacht, die als Einzige gesehen haben, was gerade mit ihm passierte. Oder an ganz was anderes. Man weiß es nicht. Man weiß gar nichts, wenn man einen nicht kannte.

Mist! Mein Kopfkissen ist schon wieder heiß. Und jetzt muss ich außerdem noch aufs Klo.

»Na, auch schon wach?«

Ich hab mir gerade ein Glas Orangensaft eingeschüttet, da taucht Jamal in der Tür auf.

»Wozu hab ich denn Ferien?«, gebe ich zurück und schiele auf die Küchenuhr. Sieben Minuten vor elf, uff!

Er kommt in die Küche und nimmt sich eine angebrochene Flasche Mineralwasser. »Machst du dir bitte selbst was zum Frühstück. Es haben nämlich nicht *alle* Leute Ferien, ich steck mitten im neuen Band und –«

»Ja ja, ist gut. Arbeite ruhig weiter, ich mach mir ein Müsli.«

Jamal geht ein paar Schritte rückwärts, bleibt dann aber doch noch mal stehen. »Solveig ist heute auch kaum aus dem Bett gekommen.« Er verzieht den Mund. Streckt dann die Arme von sich und lässt sie spastisch zucken, dass es in der Wasserflasche gluckert. »Wahrscheinlich wankt sie jetzt wie ein Zombie durch die Agentur und knurrt jeden, der ihr zu nahe kommt, blutrünstig an. Chchch …«

»Jamal!«, sage ich streng.

Einmal zuckt er noch. »'tschuldigung«, sagt er dann und lässt die Arme sinken. »War 'n bisschen abgeschmackt, tut mir leid. Alte Berufskrankheit. Die bösen Comics, du weißt schon.«

»Macht ja nix.« Ich hocke mich vor den Kühlschrank, stelle die Orangensaftflasche zurück, suche nach dem Joghurt. »Wann ist *sie* denn eingeschlafen?«

»Frag mich nicht. Ehrlich gesagt weiß ich nicht mal, wann sie aufgehört hat, in ihren alten Kartons rumzukramen.«

Mit einem Schmatzen saugt sich die Kühlschranktür wieder fest.

»In den ganz alten? Aus Berlin?«, erkundige ich mich und stelle Milch und eine Packung Quark auf den Tisch.

Jamal antwortet nicht. Er steht nur mit seinem Wasser vor der offenen Küchentür rum und guckt vor sich hin.

Da gehe ich zu ihm, schlinge meine Arme um seinen Bauch und lehne den Kopf gegen seine Brust. »Du musst keine Angst haben«, sage ich leise und horche. Durch den T-Shirt-Stoff kann ich sein

Herz schlagen hören, und seine Muskeln sind wie immer ein wenig in Bewegung. »Sie hat *dich* lieb, nicht ihn. Außerdem ist er ja tot.«

»Danke für die Erinnerung, Süße.« Er streichelt mir mit der freien Hand über den Hinterkopf. »Aber mach dir keine Sorgen, ich hab keine Angst.« Dann befreit er sich aus der Umarmung, schiebt mich eine Armlänge von sich fort und sieht mir fest in die Augen, bevor er sich umdreht und geht. »Jetzt muss ich was tun. Vergiss nicht dein Müsli.«

»Wir haben keinen Joghurt mehr!«, rufe ich ihm nach. »Ich hasse Müsli mit Quark.« Und, da nichts mehr kommt: »Liebe Grüße an die *Schwarze Lilie*.«

Als Mama am Nachmittag wiederkommt, sieht sie wirklich aus wie ein Zombie: wirre Haare, schwarze Augenringe, zerknautschtes Kopfschmerzgesicht.

»Ich muss mich hinlegen«, stöhnt sie zur Begrüßung. »Sei so gut und spiel jetzt nicht Schlagzeug, Lisse.«

Ich sage spitz: »Bitte nutzen Sie zum Schlafen die festgelegten *Ruhezeiten*«, ohne zu erwähnen, dass ich meine heilige halbe Trommelstunde heute sicherheitshalber gleich nach dem Frühstück eingelegt hab. Aber dann setze ich mich ganz leise mit Jamals alter Ausgabe der *Watchmen* auf den Balkon und lasse Mama ungestört schlafen. Der Text ist auf Englisch, und zugegeben, ich verstehe nur die Hälfte oder sagen wir: zwei Drittel und muss mir den Rest aus den Bildern erschließen, aber trotzdem finde ich diese maskierten Wächter saumäßig gut.

Nachdem ich eine Weile gelesen hab, hole ich mir Block und Bleistift und versuche, *Rorschach* abzuzeichnen, doch leider sieht er wie alles, was ich zu Papier bringe, total beknackt aus. Nichts wird, wie es sein soll, der Mantel nicht, der Hut nicht und schon gar nicht die Maske mit dem Tintenklecksmuster. Wäre Jamal mein Vater, hätte ich vermutlich bessere Zeichner-Gene abgekriegt … und bessere Haar-Gene sowieso.

Allerdings, er *ist* nicht mein Vater, ich meine, Jamal. Mit den Zeichner-Genen ist es bei mir also nichts geworden, und darum entsorge ich mein Bild im Altpapier, bevor es noch einer zu sehen bekommt.

Gehe dann in den Flur und stelle mich vor den Spiegel. Blond. Barbieblond. Damit ist nicht mal *Silk Spectre* von den *Watchmen* gestraft, obwohl sie natürlich diesen hässlichen Riesenbusen hat, um den sich auch niemand reißen würde. Den hab ich für meinen Teil nicht und werde ihn, wenn man mal Mamas Busen zum Maßstab nimmt, auch nicht kriegen, aber dafür hat die Natur es bei mir mit dem Blondsein echt übertrieben. Und mit der Stupsnase. Dazu auch noch Sommersprossen. Also, wenn man barbiemäßig drauf ist und will, dass alle einen *niedlich* finden, dann ist das ja kein Problem.

Aber als Drummer … echt jetzt! Ich schätze, ich bin die *niedlichste* Schlagzeugerin der Welt. Furchtbar. Und dabei hab ich eine Mutter, die richtig cool aussieht, wenn sie nicht gerade den Zombie macht.

So wie jetzt zum Beispiel. Wie sie da blinzelnd aus dem Schlafzimmer getappt kommt in ihrem schlabbrigen Schlafshirt über den durchtrainierten Joggerbeinen. Und wie sich dieses schiefe Grinsen auf ihr Gesicht legt. Saucool.

»Jetzt bin ich wieder ansprechbar«, sagt sie und stellt sich neben mich. »Guck mal, du reichst mir mittlerweile fast bis zum Kinn.«

»Na ja, ist noch ein Stück.«

»Ich habe auch *fast* gesagt.«

Ich betrachte die Treppenstufe von Mamas Kinn runter auf die Oberkante meines Kopfes. Dann fällt mir was ein. »War Markus blond?«

Unsere Blicke treffen sich im Spiegel.

»War er.«

»Hast du eigentlich ein Foto von ihm?«

»Nein.«

»Echt nicht, oder ist das so ein Nein wie jedes Mal, wenn ich nach irgendwas von Markus frage.«

»Echt nicht.«

Ich nicke, obwohl mich das doch sehr wundert. Wo Mama es sonst so mit Fotos hat.

»Schade.«

Sie legt ihren Arm um meine Schulter, ruckelt ein bisschen an mir rum. »Ja«, sagt sie. »Das ist schade. Aber weißt du was? Ich hab mir ein paar Tage freigenommen. Dann schauen wir mal weiter.«

4.

Keine Ahnung, ob es ein guter Entschluss von Mama war, fürs Erste zu Hause zu bleiben, vor allem, weil es die ganzen letzten Monate hieß, wir sind mal wieder knapp bei Kasse, diesen Sommer wird eisern durchgearbeitet. Und jetzt wuselt sie an einem gewöhnlichen Dienstagmorgen durch die Wohnung, mahlt Kaffeebohnen in der Espressomaschine, dass man unmöglich *nicht* davon aufwachen kann, und scheint sogar Brötchen aufgebacken zu haben, denn es riecht wie in einer Bäckerei. Richtig schlimm.

Und wenn man auch nur drei Sekunden an normale Dinge denkt, zum Beispiel, was man mit diesem kostbaren Ferientag anfangen könnte und wie hoch das Risiko ist, Amelie im Maschsee-Strandbad zu treffen, muss man nur auf Mamas Geklapper hören und wird sofort daran erinnert, dass was nicht stimmt.

Weil sowieso keine Chance besteht, noch mal einzuschlafen, versuche ich es gar nicht erst, sondern stehe auf. Und ich schätze, das mit den normalen Dingen kann ich mir auch abschminken, so viel, wie mir gleich wieder durch den Kopf schießt. Auf dem Klo fällt mir sogar ein, dass ich diese Nacht von Markus geträumt hab, der ganze komische Traum kommt zurück, und ich haue mir aufs Knie. Ich meine, wie bekloppt ist es, von jemandem zu träumen, den man noch nie gesehen hat und den man auch niemals sehen *wird*? Besonders, wenn dieser Jemand sich dabei auch noch das Aussehen eines anderen klaut.

»Ich hab was Verrücktes geträumt«, sage ich, als ich vom Bad in die Küche rüberwechsle. »Von Markus.«

Zu spät entdecke ich, dass auch Jamal noch am Frühstückstisch sitzt, obwohl er um diese Zeit eigentlich längst über seinen Zeichnungen hocken müsste. Da würde ich am liebsten zurücknehmen, was ich gesagt hab, und so tun, als gäbe es gar nichts zu erzählen, aber ich weiß schon, jetzt ist es gesagt, jetzt komm ich aus der Nummer nicht mehr raus. Und schnell was anderes erfinden wär ja nun auch wieder doof.

»Was denn?«, fragt Mama hinter ihrer Kaffeetasse.

Jamal wirft mir ein breites Guten-Morgen-Lächeln zu und es ist mir wirklich unheimlich peinlich.

»Na ja.« Ich setze mich auf meinen Platz. »Er war blond, genau wie du gestern gesagt hast, Mama.«

Sie sieht mich abwartend an.

»Aber sonst war er … schwarz.«

Jamal lacht kurz durch die Nase und beißt in sein Brötchen, als ginge ihn das alles nicht mehr an als ein verrückter Traum vom Osterhasen oder von Schneewittchen und den sieben Zwergen, doch an seinen Augen kann ich erkennen, dass das nicht stimmt. Um die fächert sich immer noch ein Lächeln auf, aber nun ist es eins, hinter dem sich irgendwas versteckt, ein Schreck vielleicht oder eine heimliche Gekränktheit? Jedenfalls spare ich es mir, näher darauf einzugehen, dass der Markus in meinem Traum im Grunde Jamal war oder vielmehr eine Mischung aus Jamal und einem anderen, die beide zusammen mein Vater waren, und erzähle lieber an anderer Stelle weiter. Erzähle, dass wir Auto gefahren sind, Markus und ich, er am Steuer und ich auf dem Beifahrersitz. »Durch eine Stadt, die ich nicht kannte«, sage ich und sehe alles ganz genau vor mir. »Sie sah total komisch aus, mit hohen Betonwänden überall und engen Straßen dazwischen, die steil rauf und runter gingen, fast wie eine Achterbahn. Wir waren auch wahnsinnig schnell, vor allem, wenn es bergab ging. ›Zum Glück gibt's hier keine Bäume‹, hab ich zu Markus gesagt –«

Mama hustet. Ich halte inne, aber sie winkt ab und trinkt einen Schluck Milchkaffee.

»- und ich weiß noch, dass er da ganz verwundert gefragt hat, wieso es hier keine Bäume geben sollte, wir wären doch in Afrika. Und plötzlich war mir klar, dass die Stadt, durch die wir gefahren sind, Accra war.« Unauffällig schiele ich zu Jamal rüber. Diesmal ist sein Gesicht ernst und glatt, er hört mir aufmerksam zu.

»Ich hab wieder aus dem Fenster geguckt«, sage ich. »Also, vorne, durch die Frontscheibe. Da waren die Wände und Straßen verschwunden, und vor uns lag eine Landschaft mit hohen Gräsern und Affenbrotbäumen, richtig, richtig schön, nur eben ... gefährlich. Vor allem, weil Markus immer noch so wahnsinnig schnell fuhr. An mehr kann ich mich nicht erinnern.«

»Das reicht ja wohl auch.« Mama hält mir den Brotkorb entgegen.

»Offene Enden sind ohnehin die besten«, bemerkt Jamal.

»Die halbe Stunde ist jetzt vorbei.«

»Ja-a, glei-heich.« Ohne aufzublicken trommle ich bis zum Doppelstrich weiter und springe sogar noch in die Wiederholung, schon aus Prinzip, weil man Musikstücke nicht zerhacken kann wie einen Holzscheit und Mama das wirklich langsam lernen muss. Di-dada-didi-dudu-bumm. Tschack. Lege dann die Sticks auf der Snaredrum ab und linse über meine Schulter.

Ohne dass ich es sehen konnte, hab ich gewusst, dass Mama im Türspalt stehen geblieben ist. Aber offenbar nicht, um mich zusammenzustauchen, wenn ich auch nur zehn Sekunden überziehe, sondern um zuzuhören. Und das ist ja nun wieder mal mehr als verdächtig.

»Klingt toll«, sagt sie auch noch. »Und ganz schön schwierig. Was war das?«

»*Advanced Funk Studies*, Solo Nummer sechs. Ist aber noch schlecht, vor allem in den Füßen.«

Mama kommt ins Zimmer, schiebt sich an meinem Schlagzeug vorbei ans Fenster, macht es weit auf. »Das Einzige, was hier schlecht ist, ist die Luft«, sagt sie, stützt sich auf die Fensterbank und schaut in die Höfe hinunter.

Ich löse meine festgeklebten Oberschenkel vom Hocker, streife die Schlagzeugturnschuhe von meinen nackten Füßen und bleibe wartend im Zimmer stehen.

Mama rührt sich nicht vom Fleck.

»Ist noch was?«, frage ich. »Ansonsten kannst du nämlich wieder …« Ich mache eine Pause, sage dann, dass ich noch dringend Fenja zurückschreiben muss, sonst würde sie den Brief nicht mehr rechtzeitig kriegen.

»Bin gleich weg.« Mama tritt einen Schritt vom Fenster zurück. »Ich hatte nur eine Idee, heute, nachdem du uns von deinem Traum erzählt hast. Was die nächsten Tage betrifft.«

»Ach ja? Welche denn?« Ich setze mich auf den Bettrand und hebe meinen Frotteefant mit den Zehen vom Boden auf. Lege das alte Lumpenbündel auf meinen Schoß und streiche ihm die Ohren glatt.

So richtig traue ich Mamas Ideen im Moment ja nicht. Jedenfalls nicht, wenn es darum geht, endlich wieder zu merken, dass Sommerferien sind und dies die beste Zeit im Jahr ist. Auch, wenn alle Netten verreist sind und man selber nur in Hannover rumhängt, weil man sich mangels guter verwandtschaftlicher Kontakte nicht mal zu den eigenen Großeltern absetzen kann. Und weil die Eltern vom Freund der Mutter nur noch zu fünfzig Prozent am Leben und zu fünfzig Prozent zur Tochter nach Karlsruhe gezogen sind und zu deren Mann und den drei echten, kleinen Enkelkindern plus einem vierten, das unterwegs ist, womit die Wohnung pickepacke voll ist und laut und wuselig und nicht gerade ein Ferienparadies.

Aber da dreht sie sich zu mir um, Mama also, und wenn ich mich nicht komplett irre, hat sich auf die Traurigkeit in ihren Augen ein sonniger Schimmer gelegt. Und jetzt sagt sie auch noch prompt: »Ich dachte mir, wir zwei könnten vielleicht eine Runde wegfahren.«

Mein Herz fängt an zu holpern, und meine Finger krallen sich in die Elefantenohren.

»Wo ich nun eh schon mal freihab ... Dann halten wir wenigstens Jamal nicht die ganze Zeit vom Arbeiten ab.«

Sie sagt es allen Ernstes.

Glaub ich.

Glaub ich nicht und frage: »Wirklich? Wohin denn?«

»Einfach das Auto vollpacken und drauflos. Muss ja nicht gleich Ghana sein ... dafür reicht das Geld nun wirklich nicht.« Sie lässt den Blick sinken und betrachtet ihre Fingernägel. Räuspert sich, guckt wieder hoch. »Fangen wir doch mit Berlin an, was hältst du davon? Vielleicht können wir irgendwo diesen Benedikt treffen und ihn ein bisschen befragen?«

Berlin. Benedikt. Befragen.

Das ist ... das ist ... Je länger ich darüber nachdenke, *was* es ist, das Mama da vorschlägt, desto verrückter spielt mein Herz. Ich hab keine Ahnung, ob aus Bammel oder aus Freude, doch ich deute es einfach mal als gutes Zeichen. Denn unterm Strich heißt das, dass wir gegen alle Pläne verreisen werden. Und auf Reisen guckt man sich nun mal alles an.

»Solange du uns nicht vor einen Baum setzt, bin ich einverstanden«, sage ich. Und plötzlich finde ich Mama wieder so okay, wie eine Mutter ohne nennenswerte Schlagzeugkenntnisse nur sein kann.

Liebe Fenja!, schreibe ich auf meinen Briefblock. *Wie geht es dir?*

Das Gute an Fenja ist, dass sie auch noch kein Smartphone besitzt, genau wie ich, sondern nur ein peinliches altes Tastenhandy *für den Notfall*. Alle, die eins haben, verschicken nämlich von einem Tag auf den anderen keine Briefe mehr, sondern gehen auf WhatsApp und Instagram, sogar Hanna, dabei hat die früher jeden Zettel vollgekritzelt und mir sogar Zeile um Zeile geschrieben, wenn sie direkt neben mir saß. Aber Fenja hat jetzt schon zweimal was aus Spanien geschickt, eine Karte und direkt danach einen Brief, und es wird wirklich Zeit, dass ich ihr antworte. Vielleicht schreibt sie dann sogar selbst noch mal zurück, ein letztes Mal. Denn kurz nach den Ferien hat sie Geburtstag und bekommt – tadaaa – ein Smartphone, und dann war's das wohl mit Briefen.

Ich hoffe, meine Post kommt noch rechtzeitig an, schreibe ich weiter. *Ist es immer noch so heiß bei euch? Was du von Barcelona, dem Berg Montserrat und der Zahnradbahn erzählst, klingt toll. Seid ihr auch noch mal ans Meer gefahren?*

Ich stecke die Kappe auf meinen Füller und überlege. Soll ich ihr von Markus erzählen? Oder lieber nicht? Und wenn ja, was? Vielleicht: Einer, den ich nicht kannte, ist gestorben? Oder: Ich hab jetzt keinen Vater mehr, aber egal, ich hatte ja sowieso nie einen? Oder: Leider ist der Mann, von dem ich biologisch abstamme, besoffen gegen einen Baum gefahren? Nee. Das will doch keiner lesen!

Morgen früh fahre ich mit meiner Mutter nach Berlin. Sie hat kurzfristig ein Zimmer in einem Hotel in Kreuzberg gebucht, das mal eine Fabrik war. Früher, als sie Studentin war, hat sie ganz in der Nähe gewohnt und kennt sich darum richtig gut in der Gegend aus. Aber sie sagt, heute sieht es dort bestimmt ganz anders aus als damals. Mir ist das egal, ich war schließlich noch nie da. Von Berlin aus wollen wir noch weiterfahren, mal sehen, wohin. Ich freu mich schon. Vor allem, weil in Hannover nur noch Amelie ist und mir ständig in die Arme rennt. Mit Wölkchen, dieser Klobürste.

Ich freu mich auch schon, dich bald wiederzusehen. Und jetzt muss ich packen.

Alles Liebe, deine Lisse

Nachdem ich den Füller zur Seite gelegt hab, lese ich den ganzen Brief noch mal durch. Dann reiße ich das Blatt vom Block ab, falte es, stecke es in einen passenden Briefumschlag und klebe ihn schnell zu.

Wird echt Zeit, dass mal wieder was Spannendes passiert. Wenn man nichts Besseres zu schreiben hat als so was, kann man gleich einen blöden Smiley auf WhatsApp verschicken. Der kommt dann wenigstens rechtzeitig an.

5.

»Sag mal, willst du mich verarschen?«, stöhnt Mama, als sie mich mit dem Übepad und den Sticks aus dem Haus kommen sieht.

Sie hängt über dem Kofferraum, den Hintern in Richtung der offenen Heckklappe gestreckt und den Kopf zu mir verrenkt, als würde sie eine komplizierte Yogaübung machen, die sie liebend mit dem Universum verbinden soll. Allerdings sieht ihr Gesicht gerade weniger nach universeller Liebe als nach handfestem Genervtsein aus. Was offenbar mit der Kofferraumgröße unseres Smart Forfour zu tun hat und der Menge an Gepäck, das noch auf dem Bürgersteig steht.

»Verarschen, wieso?«

Auf Angriffe, die sich gegen die notwendigsten Utensilien eines Drummers richten, darf man als Schlagzeugerin grundsätzlich nicht eingehen.

»Wir *verreisen*. Und wir nehmen nur mit, was wir wirklich brauchen. Könntest du also bitte –«

»Ich *nehme* nur mit, was ich wirklich brauche«, sage ich und stelle das Pad vor mir ab.

Mama zieht die Arme aus den Tiefen des Autos und richtet sich vor mir auf. »Lisse«, sagt sie. Ob ich mich bitte mal umschauen könne, der Kofferraum sei schon rappelvoll, und ob wir den ganzen Krempel da auf die Rückbank kriegen, müsse sich erst noch zeigen.

»Das ist *dein* Krempel«, gebe ich zurück. »Ich hab nur meinen Koffer, meinen Rucksack, Frotteefant und das hier.«

Mama wartet, bis eine Frau mit Einkaufstasche an uns vorbeigegangen ist, dann zischt sie: »*Das hier* muss jedenfalls zu Hause bleiben. Denn *mein Krempel* sind zum Beispiel das Zelt, das Jamal uns netterweise geliehen hat, die Campingsachen, die Schlafsäcke, die Kameratasche, die Reiseapotheke, die Badelaken, die Regenjacken -«

»Meine Regenjacke kann hierbleiben, die zieh ich sowieso nicht an«, unterbreche ich sie. »Außerdem ist gutes Wetter angekündigt.« Dann sage ich, dass ich ja noch gar nichts davon wüsste, dass wir campen gehen, und werfe einen Blick auf den großen, verblichenen Sack, in dem sich die Bestandteile von Jamals altem Zelt knubbeln und an einer Stelle sogar schon ein Loch in den Leinenstoff gebohrt haben. »Steht das schon fest oder brauchen wir das Zelt vielleicht gar nicht?«

Mamas Nervgesicht nimmt einen verzweifelten Zug an. »Über Regenjacken im Urlaub diskutiere ich nicht«, sagt sie. »Und was das Zelt betrifft, wären wir schön blöd, wenn wir's *nicht* mitnehmen würden. Damit können wir uns bestimmt hier und da die Hotelkosten sparen und müssen bei allem anderen nicht auf den Cent gucken. – Also!« Sie deutet auf mein Pad. »Bring das Ding bitte zurück ins Haus.«

»Man kann *das Ding* auch auseinandernehmen.« Ich greife nach dem Trommelaufsatz und drehe ihn mit aller Kraft gegen den Uhrzeigersinn. »Und der Ständer lässt sich zusammenklappen. Hier unten, siehst du?«

»Lisbeth Falke!«, sagt Mama, und wenn sie jemals mit dem Universum verbunden war, ist der Faden nun definitiv gerissen. Allerdings hab ich das Gefühl, dass das gar nicht an mir und meinem Übepad liegt und auch nicht an unserem kleinen Autochen, das rot und freundlich in der Morgensonne leuchtet, oder an dem ganzen Gepäck, das wir darin schon irgendwie unterbringen werden.

Jedenfalls nicht nur. Mir kommt es eher so vor, als würde sich hinter Mamas Aufbruchstress nun doch wieder jede Menge Markus verstecken. Und eigentlich hätte mir das klar sein müssen. Genau genommen war es das sogar. Ich hab von Anfang an geahnt, dass mein toter Vater mit uns auf die Reise gehen wird. Ohne ihn säße Mama jetzt schließlich in der Agentur, würde Webseiten für Kunden erstellen, und von zu viel Gepäck wäre nicht mal ansatzweise die Rede.

»Wenn's unbedingt sein muss«, sage ich darum. Dann recke ich das Kinn vor. »Aber die hier …«, ich nehme in jede Hand einen Stick, klemme ihn zwischen Zeige- und Mittelfinger und mache einen Spinning-Trick, »die hier kommen auf alle Fälle mit.«

Im Treppenhaus muss ich kurz stehen bleiben und mir das vorstellen: mein toter Vater, der mit uns auf Reisen geht. Ich sehe ihn zwischen dem ganzen Gepäck auf der Rückbank sitzen, blond, aber sonst mehr oder weniger durchsichtig. Nur einen schimmernden Umriss kann ich erkennen und eine knochige Hand, die eine Bierflasche hält.

Unheimlich.

Ich probiere es mit dem Ganzkörperkostüm, aber der Kniff mag bei rosaroten Elefanten funktionieren, gegen die Toten kann man damit nicht an. Die kommen und gehen, wie sie lustig sind.

»So, meine Damen Falke!« Jamal stapft in Flip-Flops, Schürze und Topfhandschuhen aus der Küche, und aus der dampfenden Kastenform, die er vor sich her in den Flur trägt, steigt ein wunderbar süßer Duft nach Karottenkuchen auf, dass ich am liebsten sofort loslegen würde mit Futtern. »Bis Berlin solltet ihr damit kommen.«

Ich atme tief ein. »Mmmmmh!«

Jamal lacht. Dann nimmt er die Korbtasche vom Jackenständer, deponiert darin die heiße Form, wirft die Topfhandschuhe auf die Flurbank, wischt sich den Schweiß von der Stirn.

»Ey! Wieso sieht dieser Karottenkuchen bei dir aus wie aus der Konditorei und bei mir immer nur wie bröckeliges Ökofutter?«, fragt Mama. »Trotzdem danke, jedenfalls. Ich glaub, dann sind wir abfahrbereit. Kommst du noch mal mit runter?«

»Aber sicher … Ach, Moment.« Er verschwindet in seinem Arbeitszimmer und kommt mit einem noch eingeschweißten Comicheft zurück, das *Saga* heißt und zwei seltsame Leute mit einem Baby zeigt, der Vater gehörnt, die Mutter geflügelt. »Bisschen Lesestoff für unterwegs, Lisse.«

»Danke!«, sage ich.

Dann laufen wir zu dritt die Treppen hinab, ich zum dritten Mal an diesem Tag, Jamal ungefähr zum fünften und Mama vermutlich schon zum siebten. Und nicht nur wir sind aufgeheizt wie der Karottenkuchen, der immer noch diesen zuckersüßen Geruch verströmt, sondern auch der Morgen, draußen vor dem Haus, der inzwischen längst nicht mehr so früh ist, wie er es bei unserer Abfahrt eigentlich sein sollte.

Und noch was lässt mir das Blut in den Kopf schießen. Drüben am Marktplatz sehe ich Amelie – ausnahmsweise ohne Wölkchen – auf den Rathausstufen sitzen, und noch schlimmer: Ich sehe, dass sie mich sieht.

»Oh nein«, flüstere ich. »Können wir bitte ganz schnell losfahren?!«

»Gibt's Probleme?«, fragt Jamal.

Amelie ist schon auf den Beinen.

»Allerdings.«

Mama und er sehen sich an.

»Wenn ihr euch nicht beeilt, guckt euch gleich das dämlichste Mädchen unter der Sonne beim Abschiedskuss zu.«

Jamal dreht sich interessiert um. Im selben Augenblick winkt Amelie mir zu. Ich rühre mich nicht, aber Jamal winkt zurück. Das scheint sie so zu irritieren, dass sie stehen bleibt, wo sie ist. Dann setzt sie sich langsam zurück auf die Stufen.

»Und jetzt?« Jamal stellt die Korbtasche ab. »Ist Küssen erlaubt oder nicht? Kurz, lang, Mund, Wange, Nasenspitze?«

Ich schiele in Amelies Richtung und … ich weiß auch nicht, aber irgendwie komme ich mir gemein vor. Fast so gemein wie Amelie selbst, und das will ich nun auch wieder nicht. Da muss man ja nur mal bedenken, einem würde was passieren, sagen wir mal, ein Unfall, und man kann es nie wiedergutmachen. »Tut, was ihr nicht lassen könnt«, sage ich und lehne den Comic an die Kuchentasche. »Ich geh mal kurz rüber.«

»Muss ich das jetzt verstehen?«, fragt Jamal.

»Lass sie einfach und küss mich«, sagt Mama.

Eilig laufe ich über die Straße, allerdings nicht so eilig, dass gleich hier und jetzt was passiert. Den Bordstein hoch, dann quer über den Marktplatz, auf den letzten Metern verlangsamen, und schließlich stehe ich vor ihr.

»Na?«, sage ich.

»Na?«, sagt sie und steht auch schon wieder. »Fahrt ihr weg?«

Ich nicke. »Meine Mutter und ich. Für ein paar Tage, mal gucken, wohin.«

Dazu sagt sie ausnahmsweise gar nichts.

»Und du?«

»Ich wollte in die Bücherei«, antwortet sie, und das ist ja mal ein regelrecht vernünftiger Satz. »Aber ich wusste nicht, dass die mittwochs geschlossen hat. Jetzt muss ich warten, weil ich abgeholt werde. Ich hab nämlich nachher noch einen Friseurtermin.«

»Mhm.« Diesmal bin ich diejenige, die nicht weiß, was sie sagen soll. »Blöd.«

»Findest du das nicht komisch, wenn deine Mutter mit diesem Schwarzen knutscht?« Amelie deutet in Richtung Straße.

Und da könnte ich ihr schon wieder eine reinhauen.

»Was dagegen?«

»Nein nein.« Ihr Gesicht ist die reinste Unschuldsmiene.

»Schade, dass du nicht in die Bücherei kannst«, sage ich. »Die haben da nämlich Bücher über Afrika und ›diese Schwarzen‹. Ziemlich gute sogar.« Dann drehe ich mich um, und als sie hinter meinem Rücken Tschüss sagt, stoße ich nur ein Brummen aus.

»Diese Arschkuh«, fauche ich, als ich wieder bei Mama und Jamal ankomme.

»Lisse!« Jamal stöhnt.

»Ich bin so froh, dass ich die ein paar Tage nicht sehen muss.«

Er seufzt noch mal und nimmt mich fest in die Arme. »Na dann, gute Reise«, wünscht er mir irgendwo in meinen Haaren. Danach hebt er die duftende Korbtasche vom Bürgersteig auf und drückt sie mir samt *Saga* in die Hand. »Und pass mir schön auf deine Mutter auf.«

6.

Als wir auf die Autobahn fahren, hab ich schon zwei Stücke Karottenkuchen gegessen und fange gerade mit dem dritten an.

»Schneid mir auch mal was ab«, sagt Mama neben mir, beschleunigt, bis der Smart ins Surren gerät, schaltet, worauf der Ton des Motors sich noch mal von unten in die Höhe schraubt, und lehnt sich dann im Sitz zurück.

»Bitte!«

»Bitte!«, echot Mama und streckt mir bettelnd eine Hand entgegen.

Ich lege mein Stück auf die Ablagefläche über dem Handschuhfach und säble ihr eine extra dicke Scheibe ab.

Sie schnuppert ausgiebig, bevor sie abbeißt. »Boah, ist der saftig geworden!«

»Jamal ist der Beste«, sage ich. »Nicht nur beim Kochen … auch beim Backen.«

»Ja, das ist er wohl, der alte Sack.« Mama schneidet eine Grimasse. »Unverschämterweise sogar dann, wenn es um meine eigenen Rezepte geht.«

Ich grinse mit und stelle mir vor, wie Jamal nun an seinem Zeichentisch sitzt, einen kleinen, fiesen Cartoon über Mama und mich kritzelt und an den Rand seines Computermonitors klebt, damit er sich nicht so alleine fühlt, wenn er sich anschließend die Schwarze Lilie vornimmt und sie weiter durch die Stadt der Schatten streifen lässt. Im nächsten Moment durchzuckt mich ein anderer Gedanke, und als er in meinem Kopf angekommen ist, luge ich nach hinten, um den Gepäckberg auf der Rückbank zu checken.

Taschen, Beutel, Frotteefant, meine Sticks …

»Lisse?«

… Regenjacken, Turnschuhe, Wasserflaschen …

»Alles klar?«

»Ja, alles klar«, sage ich, gucke wieder nach vorne und nehme mein angebissenes Kuchenstück von der Ablage. »Ich musste nur gerade an was denken.«

»Woran denn?« Mama legt die Hand mit dem Kuchen zurück ans Lenkrad, blinkt und wechselt die Spur, um zu überholen.

»Na ja …«

Der Smart gibt alles.

»An einen Geist.«

Jetzt, wo ich es laut sage, kommt es mir albern vor. Aber Mama fängt weder an zu lachen noch scheint sie meine Bemerkung sonderlich beunruhigend zu finden. »Und?«, fragt sie nur und setzt den Blinker. »Einer da?«

»Nein. Jedenfalls keiner, den man sehen kann.« Dass es mir trotzdem für einen winzigen Augenblick so vorgekommen ist, als wäre da was gewesen, erwähne ich nicht. Es war ja nichts, das mir Angst gemacht hat, sondern eher ein Gefühl von etwas.

Mama steckt sich schnell das letzte Stückchen Kuchen in den Mund, dann fährt sie wieder rechts rüber.

»Greif mal in dein Seitenfach«, sagt sie. »Da liegt eine CD drin. Sollte ein Geist mit an Bord sein, wird er sie mögen.«

Neugierig schaue ich nach und finde einen mit rotem Edding beschrifteten Rohling, den ich noch nie in unserem Auto gesehen, geschweige denn gehört hab.

Travel mix. Für Solveig.

»Was ist das?«

»Was Altes«, antwortet Mama knapp, aber damit ist wohl auch alles gesagt. Denn es ist nicht wahnsinnig schwer zu erraten, wer eines Tages vor langer Zeit diese Reise-Playlist für sie zusammengestellt haben könnte, auch wenn es ein bisschen unglaublich ist. »Leg sie mal ein.«

Ich öffne die Plastikhülle, stelle die Autoanlage an und schiebe die CD in den Schlitz. Einen Moment dauert es, bis der CD-Player sie annimmt und liest, dann setzt ein Lied ein.

Und … alt hin oder her.

Ich muss zugeben, es rockt.

Stau. Ekliger, schwitziger, nach Abgasen stinkender Stau, irgendwo bei Magdeburg.

»Das ist die A2.« Mit einem Seufzer setzt Mama ihre Sonnenbrille auf. »Da ist immer irgendwas.«

»Mir ist warm«, jammere ich, drehe mich, so gut es geht, auf dem Sitz um und angle mir eine neue Flasche Wasser von hinten.

Mama blickt starr geradeaus. Nachdem unser Vordermann sich zwei, drei Meter vorwärtsbewegt hat, lässt auch sie unser Auto ein Stück weiterrollen. Dann tritt sie wieder auf die Bremse und es passiert gar nichts mehr.

Alles steht.

»Ich muss mal kurz den Verkehrsfunk hören«, sagt sie und stellt die Anlage an, nachdem sie in der letzten halbe Stunde Spielverbot hatte. Sofort meldet sich die CD zurück, die ich kurz nach Beginn des dritten Durchgangs, als ich gerade dabei war, ein richtig gutes Gefühl für den Groove der einzelnen Lieder zu kriegen und sogar hier und da schon auf das Zusammenspiel von Schlagzeug und Bass achten konnte, plötzlich ausstellen sollte.

Aber ohne mir auch nur fünf Töne zu gönnen, schaltet Mama auf Radio um.

Sendersuchlauf, Gequatsche mit dudeliger Musik im Hintergrund, dann der Verkehrsfunk-Jingle.

Offenbar ist einiges los auf Deutschlands Straßen, und es dauert ein Weilchen, bis der freundliche Sprecher bei der Meldung angelangt ist, die unsere Strecke betrifft. Dafür stellt die aber auch alles andere in den Schatten.

»… sechs Kilometer Stau nach einem Unfall«, berichtet Herr Freundlich, und Mama drückt stöhnend den Anlageknopf.

»Und keine Ausfahrt in der Nähe, um über Land zu fahren«, sagt sie.

»Meinst du, da ist jemandem was passiert?«

Sie antwortet nicht.

»Bestimmt«, sage ich zu mir selbst. »Bei so was passiert immer was.«

»Vielleicht hältst du einfach mal ein Nickerchen«, schlägt Mama vor. »Im Stau ist das doch das Beste, was man machen kann.« Womit sie natürlich recht hat, denn was anderes als Dösen *kann* man ja nun mal nicht machen, solange man an einen Autositz gefesselt ist. Vorausgesetzt, man muss nicht fahren.

Ich werfe Mama einen Seitenblick zu. »Wenn du dann nicht auch einschläfst?!«

Sie guckt zurück, und ihr Sonnenbrillengesicht sieht glücklicherweise nicht *allzu* entspannt aus. »Keine Sorge. Ich hab vier Tassen Kaffee intus.«

Also lehne ich meinen Kopf an den oberen Gurt und schließe die Augen. Als ich den Rettungswagen höre, bin ich schon fast weg.

Und dann, ungefähr eine Million Kilometer und hunderttausend Autobahnkreuze später, nachdem ich mich gerade damit abgefunden hab, dass wir wohl nie ankommen werden, taucht auf beiden Seiten der A 100 Berlin auf. Soweit ich es erkennen kann, ist alles eine Nummer größer als in Hannover, die Häuser, die Straßen und Plätze, aber sonst ist es einfach eine Stadt. Eine Stadt, in der manches schön aussieht und manches nicht so schön.

»Wo sind wir hier?«, frage ich, nachdem wir eine Ausfahrt genommen haben und ich mir sicher bin, dass wir nun endlich von sämtlichen Autobahnen runter sind.

»Das ist Neukölln«, sagt Mama. »Nicht weit von Kreuzberg. In zehn Minuten sind wir da.«

Es werden vierundzwanzig Minuten, bis wir auf der Schlesischen Straße an der *Fabrik* vorbeirollen. Dazu kommen noch mal über zwanzig weitere, in denen wir herumkurven und nach einem Parkplatz suchen und stattdessen eine *Aral*-Tankstelle entdecken und Mama, weil es sich nun schon mal anbietet, den ausgehungerten Smart volltankt, während ich aufs Tankstellenklo gehe und hinterher den Wertbon in eine Packung *Wrigley's Extra* investiere, wobei ich leider noch 79 Cent von meinem Taschengeld draufzahlen muss, und wir weitersuchen und schließlich doch noch irgendwo in der Nähe eines oberirdischen U-Bahnhofs parken.

»Müssen wir jetzt alles von hier aus zum Hotel schleppen?«, frage ich beim Aussteigen.

Mama streckt sich so ausgiebig auf dem Bürgersteig, dass man befürchten muss, sie will heute doch noch eine Yogastunde einlegen. Dann sagt sie: »Den Campingkram lassen wir im Kofferraum. Aber hilft ja nix, der Rest muss mit.«

Ich öffne die Hintertür, forme sicherheitshalber mit den Lippen einen stummen Gruß, lehne mich ins Auto, hole Frotteefant und meine Sticks heraus. »Die Regenjacken können wir auch hierlassen. In Berlin scheint nämlich die Sonne, tadaaa!«

»Muss ich mir das jetzt den ganzen Urlaub über anhören?«, fragt Mama. Im nächsten Augenblick schnappt sie mich von hinten und kitzelt mich durch.

Ich verschlucke mich fast an meinem Kaugummi. »Fol-ter-stopp!«, japse ich. »Dann sag ich auch nichts mehr über Re-hm-hm-hm.«

»Deal.« Sie hört augenblicklich auf, mich zu kitzeln. Stattdessen zieht sie mich an sich, beugt sich zu mir runter und legt die Wange an meine.

Ich halte still, schnuppere. Ihre Haut und ihre Haare. Ganz in der Nähe Frotteefant.

»Weißt du was, Lisse?«, sagt Mama leise. »Ich find es richtig toll, dass wir beide zusammen hier sind.«

7.

Unser Zimmer hat, den Bildern an der Wand zufolge, irgendwas mit Kunst zu tun, dafür gibt es keinen Fernseher, kein Telefon und auch kein eigenes Bad. Überhaupt sieht es gar nicht richtig aus wie ein Hotelzimmer, sondern fast wie ein gewöhnliches Schlafzimmer, das sich in ein Hotel verirrt hat, und das ist wohl auch die Idee.

Ein gewöhnliches, ziemlich einfaches Schlafzimmer.

»Jedenfalls gemütlich«, sagt Mama.

Und das stimmt. Mit einem kleinen Satz schwinge ich mich aufs Doppelbett, knie mich auf die rechte Hälfte und trommle einen Drei-gegen-Vier-Rhythmus aufs Kopfkissen.

»Damit ist das Revier wohl markiert«, bemerkt Mama, holt ihre Kamera aus der Tasche und macht ein Foto von mir. »Sehe ich es richtig, dass ich links schlafe?«

»Yep.« Ich lege meine Sticks auf den Nachttisch und stehe wieder auf. Öffne meinen Ziehkoffer und nehme den Kulturbeutel raus, um mir die Zähne zu putzen.

Pelzig belegte Zähne, womöglich mit Essensresten in den Zwischenräumen, hasse ich fast so sehr wie nachts wach liegen. Da muss ich mir immer vorstellen, was in meinem Mund gerade so los ist, und ganz ehrlich, appetitlich ist das nicht. Besonders schlimm ist es nach Autofahrten, auf denen man die ganze Zeit gefuttert hat. Oder morgens, wenn man seine Zahnspange rausnimmt und regelrecht *schmecken* kann, was da alles rumwimmelt.

»Ich bin mal eben im Waschraum.«

Mama nickt, setzt sich auf den Korbstuhl am Fenster, das zu einem kleinen Hinterhof zeigt, genau wie mein eigenes Fenster zu

Hause, und sagt, dass sie in der Zwischenzeit mal bei Jamal durchrufe.

»Liebe Grüße!«, sage ich. Im nächsten Moment bin ich schon auf dem Gang, mache aber noch einen kurzen Abstecher ins Treppenhaus und laufe ein Stück der Eisentreppe runter, weil ich beim Kofferhochschleppen auf halber Höhe einen Ständer mit Umsonstpostkarten entdeckt hab, und Postkarten, die brauche ich natürlich. Allerdings ist nichts Brauchbares dabei, das Fach mit dem einzigen guten Motiv ist schon leer, und was Hässliches will ich Fenja und Hanna nicht schicken. Ohne Ausbeute gehe ich wieder nach oben und weiter zum Damenbad.

Eine Dusche, drei Klokabinen, von denen eine besetzt ist, und ein Waschbecken. Ich nehme meine Zahnbürste und die Zahnpasta aus dem Kulturbeutel, stelle kurz den Wasserhahn an, um die Borsten nass zu machen, und lege los mit Schrubben. Als ich gerade mit schäumendem Mund über dem Waschbecken hänge, geht die Klospülung, eine Frau im gepunkteten Oberteil kommt von der Toilette, sagt: »Hallo«, und: »Darf ich mal?«, und möchte sich offenbar die Hände waschen. Schwierig.

Ich rutsche in die Nische zwischen Waschbecken und Seitenwand und richte mich auf, um ihr Platz zu machen, aber … Mist. T-Shirt vollgetropft, und ich muss mit der immer noch laufenden Bürste im Mund ein Papiertuch aus dem Behälter rupfen, um mir den Zahnpastasabber abzuwischen, solange er noch flüssig ist.

Die Frau lächelt verlegen. Lässt dann Wasser laufen, um den Schaum im Becken abfließen zu lassen, und wäscht sich blitzschnell die Hände.

»'tschuldigung, wenn ich gedrängelt hab«, sagt sie im Rausgehen. »Ich muss ganz eilig los.«

»Ist nicht schlimm«, sage ich, wieder über das Becken gebeugt, und versuche, mir ihr Gesicht zu merken, das Gesicht einer zufälligen Badezimmerbegegnung, aber kaum hat sie den Waschraum verlassen, ist es so gut wie vergessen. Für jetzt und vermutlich für immer. Nur das gepunktete Oberteil weiß ich noch und die zur Schöpfkelle geformte Hand, mit der sie das fließende Wasser ins Waschbecken schaufelte, bevor sie sie unter den Spender gehalten und mit der anderen Hand einen Klecks hellrosa Seife hineingedrückt hat.

Ich spucke den letzten Schaum auf das nasse Porzellan, sehe zu, wie er langsam in Richtung Abfluss fließt, spüle den Mund aus.

So ist das halt, wenn man reist. Man trifft jemanden, und dann ist er wieder verschwunden.

»Na?«, sagt Mama draußen auf der Straße. »Wie gefällt dir der Kiez? Er ist vielleicht nicht mehr ganz so rotzig, wie er mal war, aber trotzdem interessant, oder?«

Ich blicke mich um. Seit wir die *Fabrik* verlassen haben, hab ich ehrlich gesagt nur darauf geachtet, wo und was man in der Gegend zu essen bekommt. Karottenkuchen ist lecker, aber wenn man den ganzen Tag so gut wie nichts anderes gegessen hat, sehnt man sich irgendwann nach was Richtigem. Soll heißen, nach einer warmen Mahlzeit. Und da kann es passieren, dass man auf nichts anderes mehr achtet als auf Restaurants und Bistros und Imbissbuden, vor allem, wenn es derartig viele auf einem Haufen gibt und man sich gerade auf der Mission Wir-suchen-uns-das-Allerleckerste-aus-was-zu-haben-ist befindet. Aber jetzt fallen mir immerhin zwei Hauswände an der Hinterseite eines abgezäunten Geländes auf, auf die jemand in Schwarz große, merkwürdig geformte Flächen gemalt hat.

»Das da sieht gruselig aus«, sage ich. »Wie Schatten von irgendwas, das nicht mehr da ist.«

Mama streckt einen Arm aus, um mich an die Hand zu nehmen. Ich tue ihr den Gefallen und gebe sie ihr. Zugegeben, es fühlt sich gut an. Ihre Finger, die sich um meine schließen.

»Volltreffer«, sagt sie. »Darunter waren mal Graffiti. Riesige Fassadenbilder, nicht nur so popelige Writings, wie jetzt noch ein paar zu sehen sind. Sie wurden übermalt, aus Protest, als die Brache geräumt worden ist. Es haben da nämlich mal viele Menschen gelebt, in Hütten. Ein paar von ihnen kannte ich vom Sehen.«

»Oh.«

Eine Weile gehen wir Hand in Hand weiter und schweigen, doch dann, plötzlich, kommt das, worauf ich die ganze Zeit gewartet hab, ohne zu wissen, dass ich es tue. Das weiß ich erst in dem Moment, als Mama es sagt: »Übrigens hab ich eben auch noch mit diesem Benedikt telefoniert. Benedikt Petersen heißt er. Kauziger Typ.«

Herzgeholper, mal wieder.

»Und?«

»Er frühstückt morgen im *Fabrik*-Café mit uns. Dann können wir uns ein bisschen unterhalten.«

Ich drehe meine Zunge im Mund hin und her, überlege, wie es wohl ist, mit jemandem zu reden, der meinen toten Vater kannte, als er noch lebendig war. Ziemlich komisch, schätze ich. Erst nachdem wir von der Schlesischen in eine Seitenstraße abgebogen sind, fällt mir ein, dass ich gerade mit genau so einem Jemand durch Berlin spaziere, dass Mama ihn doch selber kannte, zumindest gut genug, um ein Kind von ihm zu bekommen.

»Was willst du ihn denn fragen? Ob er ein Foto hat?«

Sie zuckt die Achseln. »Mal sehen. Das wird sich schon ergeben.«

Ich hole Luft. »Weiß er eigentlich, dass ich Markus' Kind bin?«

Sie sagt: »Er weiß, dass du *mein* Kind bist«, und drückt meine Hand.

Wir biegen wieder ab und gehen die nächste Straße entlang, doch dann bleibt sie mit einem Ruck stehen und starrt wie hypnotisiert vor sich hin. »Hammer! Wie eh und je.«

»Was?«

Sie hebt die freie Hand, ohne mit dem Gestarre aufzuhören. »Die Bar da hinten, siehst du die? Nach meinem Studium hab ich eine Zeit lang dort gekellnert. Als ich mir noch nicht sicher war, ob ich die Stelle in Hannover annehmen soll.«

Ich entdecke sie erst auf den zweiten Blick, denn eigentlich ist es nur eine Tür, die in einen Keller runterführt. Wer auch immer der Barbesitzer ist, scheint seinen Laden eher verstecken als Gäste anlocken zu wollen.

»Da müssen wir nachher unbedingt was trinken gehen«, sagt Mama.

Ich trete von einem Fuß auf den anderen. Schön und gut, nur … »Jetzt wissen wir, wo wir nachher was trinken gehen und wo wir morgen frühstücken. Aber wo wir zu Abend essen, wissen wir immer noch nicht. Wenn wir so weitermachen, verhungern wir noch.«

Mama reißt sich aus ihrer Hypnose und guckt mir ins Gesicht. »Stimmt. Hast du irgendwas gesehen, worauf du Lust hast?«

Ich erwähne neben dem Nudelrestaurant noch eine Burgerbar und einen Inder, aber sie durchschaut mich sofort.

»Also Nudeln. Die sind gut gegen den Hunger.«

»Gegens Verhungern«, verbessere ich und ziehe sie in die Richtung, aus der wir gekommen sind.

8.

Der Barkeeper hat uns schon im Visier, als wir noch die Treppe runtergehen und uns eine Suppe aus Stimmen und langsamer elektronischer Musik entgegenschwappt. Was ist das für eine Irre, die um diese Zeit ihr Kind hier anschleppt?, sagt sein dolchspitzer Blick, und es scheint ihm ganz egal zu sein, dass ich es sehe und sozusagen eingeritzt bekomme.

»Mama!«, zische ich und bleibe auf der vorletzten Stufe stehen. »Der will uns hier nicht.«

»Quatsch.« Sie schiebt mich sanft vor sich her. »Der will hier wahrscheinlich keine Touristen, die auf der Suche nach der authentischsten Bar Berlins bei ihm einkehren, Selfies vor der Flaschenwand machen und auf facebook hochladen. Deshalb guckt er so genau, wer kommt.«

»Wir *sind* Touristen«, wende ich ein. »Du hast sogar deine Kamera dabei. Außerdem bin ich *zwölf*! Wahrscheinlich ist es gar nicht erlaubt, dass ich hier bin«, aber Mama achtet nicht darauf. Sie hält nur auf den Barkeeper, Herrn Dolchauge, zu, sodass mir nichts anderes übrig bleibt, als ihr mit sicherem Abstand zu folgen. Als sie sich mit der rechten Pobacke auf einen Barhocker setzt, bleibe ich stehen.

»Hallo, Rolf«, höre ich sie sagen.

»Solveig?«, fragt Herr Dolchauge unsicher. Dann ruft er: »Solveig, ich glaub's nicht!«, und eilt um den Tresen herum, um Mama zu begrüßen. »Wie geht's dir, du alte Abtrünnige?«

Mama lacht, rutscht wieder vom Barhocker runter und lässt sich von Herrn Dolchauge umarmen. Dann plaudern die beiden los, als hätten sie sich seit Jahren nicht gesehen, und, nun gut, das haben sie ja auch nicht. Trotzdem. Ich stehe einfach da und weiß nicht, wo ich hingucken soll. Sobald ich auch nur hochschiele und mir genauer ansehen will, wo wir hier eigentlich hingeraten sind, hat auch an einem der niedrigen Tischchen jemand den Kopf gehoben und blickt neugierig in meine Richtung. Die Einzige, die kein bisschen auf mich achtet, ist Mama.

Schrecklich.

Irgendwann halte ich es nicht mehr aus und angle mein altes Handy hervor, um einen Notruf an Jamal abzugeben: *Hilfe! Mama schleppt mich in Cocktailbars, quatscht mit irgendwelchen Bar-Typen und kümmert sich nicht um mich*, aber natürlich schicke ich die Nachricht nicht ab.

Okay … ich komme nicht mehr dazu. Denn gerade als mein Daumen sich ernsthaft der Senden-Taste nähert, spüre ich Mamas Hände auf meinen Schultern, und sie lotst mich direkt zu Herrn Dolchauge.

»Rolf, das ist meine Tochter Lisse«, sagt sie. »Lisse, das ist Rolf, ein alter Freund von mir«, und *Rolf* guckt auf einmal seidenweich zu mir runter. »Würdest du uns beiden was Leckeres mixen? Einmal mit und einmal ohne?«

»Aber sicher.« Er deutet auf einen freien Tisch. »Ich lass euch was bringen. Magst du lieber fruchtig oder sahnig, Lisse?«

»Ich? Äh … f-fruchtig.«

»Alles klar«, sagt Rolf. Im nächsten Moment ist er wieder auf dem Weg hinter seine Bar, und während ich Mama durch das Stimmen-Musik-Gemisch an unseren Platz folge, lösche ich schnell, was ich in mein Handy getippt hab.

Der Cocktail, den die Kellnerin mir gebracht hat, schmeckt nach Minze und Limette, und am Glasrand klebt eine Kruste aus braunem Zucker, aber dem Strohhalm zufolge, der mitten im Crush-Eis steckt, ist sie nur Dekoration. Was ein bisschen schade ist, weil ich braunen Zucker echt mag.

Süß ist der Cocktail aber auch so, süß und sauer und alles zugleich.

»Lecker«, sage ich und halte Mama mein Glas entgegen. »Willst du mal?«

Sie beugt sich vor und nimmt einen Schluck. »Mmmh, da hat sich Rolf aber schwer ins Zeug gelegt. – Ich kann dich von meinem leider nicht probieren lassen.«

»Schon klar.«

»Aber ich kann dir versichern, er schmeckt mindestens genauso gut wie deiner.«

»Bestimmt nicht, mit dem ekligen Alkohol drin«, sage ich.

Mama muss schon wieder lachen. »So kann man's allerdings auch sehen. Gutes Kind.« Wuschelt mir durch die Haare und lehnt sich in ihrem Sessel zurück.

Eine Zeit lang sind wir nur mit unseren Getränken beschäftigt, saugen und schlürfen und stochern im Eis. Doch plötzlich stellt sie ihr Glas neben dem Teelicht-in-der-Tüte ab, das unseren Tisch mit einem matten Schimmer überzieht, und winkt mich näher an sich ran. Ich rutsche auf meinem Sessel nach vorn, und in der nächsten Sekunde hat sie ihre Hand auf meinen Arm gelegt. »Siehst du den Tisch da hinten?« Unauffällig bewegt sie ihr Kinn in die Richtung hinter meinem Rücken.

Ich drehe mich um. »Welchen?«

»Den, an dem die beiden Frauen sitzen?«

»Ja. Was ist damit?«

Mama wartet, bis ich ihr wieder das Gesicht zuwende. »Da hat Markus gesessen, als ich ihn zum ersten Mal gesehen hab.«

Es dauert ein paar Sekunden, bis in meinem Kopf ankommt, was sie gerade gesagt hat. Dann merke ich, dass mein Herz es schon längst verstanden hat, so verrückt, wie es spielt.

»Du hast ihn *hier* kennengelernt?«

Sie nickt.

»Erzähl!«

»Ich hab ihn bedient. Ihn und seine Kumpels. Einen ganzen Abend lang, und glaub mir, sie haben echt viel getrunken.«

Ich nehme den Strohhalm aus meinem Glas und beiße mit schnellen, kleinen Bewegungen darauf rum. Dann kann ich nicht mehr an mich halten und muss noch mal hingucken. Als mein Blick zum zweiten Mal auf Tisch X landet, wird mir ganz schwummrig. Die Köpfe der beiden Frauen verschwimmen vor meinen Augen, werden zu Schemen, die sich in der Musiksuppe hin und her bewegen, und für einen winzigen Moment kommt es mir vor, als würde an der Wand hinter ihnen ein blonder Geist vorbeihuschen. Aber das ist natürlich auch so eine Einbildung, denn als ich meine Augen wieder scharfstelle, ist alles wie vorher.

»Und dann?«, frage ich. »Was ist danach passiert?«, und weil der Strohhalm nun eh nichts mehr taugt, trinke ich den Rest von meinem Cocktail einfach durch die Zuckerkruste, bis nur noch Eis gegen meine Lippen rutscht.

»Na ja, irgendwann sind sie nach Hause gegangen. Also, seine Kumpels.«

»Er nicht?«

Mama lächelt geheimnisvoll. »Nein, er nicht.«

Ich hake nicht nach. So genau möchte ich nun auch nicht wissen, was noch alles an dem Abend geschah, als Mama Markus bediente. Da wär mir doch irgendwie komisch dabei, schon wegen

Jamal … und auch sonst. Wenn ich Mama nur angucke. Die hat nämlich auf einmal ganz glänzende Augen, und das liegt definitiv nicht nur am Teelicht, dessen Flamme sich in ihnen spiegelt. Der Glanz kommt eher von innen, wie eine Art Meeresleuchten.

Aber schön ist es trotzdem, dass sie gerade so froh aussieht, hier, in Rolf Dolchauges *authentischer* Kellerbar. Da mag ich gar nicht gehen.

»Krieg ich noch einen Cocktail?« Ich stelle mein Glas auf den Tisch.

»Einer geht noch«, sagt sie lächelnd.

Leuchtmama.

Leuchten tut auch der Mond. Wie eine verbeulte Schüssel hängt er am Himmel und schüttet sein milchiges Licht auf die Stadt, wo es sich mit dem Licht der Lampen vermischt, die die Menschen angestellt haben.

Eigentlich bräuchte man sie gar nicht, diese Lampen und Straßenlaternen und Leuchtschriften, man könnte sie einfach auslassen, um den Mond noch heller zu machen und die Schatten noch finsterer. Die Schatten, die sich überall in den Ecken rumdrücken, genau wie in der Stadt, wo die *Schwarze Lilie* lebt, als würde um diese Zeit alles hervorkriechen, was sich tagsüber versteckt halten muss.

Unwirklich sieht das aus und unwirklich kommt es mir vor, mitten in der Nacht mit Mama durch Berlin zu laufen. Das Summen der U-Bahn, die nicht weit entfernt über ihre Stahlbrücke zischt, die Umrisse der Häuser und die Gerüche, als wir an einer Dönerbude vorbeikommen, in der sich noch immer ein Rest Fleisch am Spieß dreht. Die holprigen Pflastersteine unter meinen

Sandalen, die Stimmen der Leute, die genau wie wir auf dem Rückweg sind oder vielleicht gerade erst losziehen, um die Nacht durchzumachen, die parkenden Autos am Straßenrand, die Wärme, die sich einfach nicht verziehen will.

Das ist der Sommer, denke ich. Und noch mal: Das ist der Sommer, während meine Füße mich langsam vorwärtstragen, ohne auf den Weg zu achten.

Den Weg, den weiß Mama, ich muss nur neben ihr hergehen in diesem hellen Dunkel, die Straße entlang und um die Ecke und immer weiter, ganz egal, wo wir sind.

Das ist der Sommer.

Didi-bumm-didi.

»Ich bin müde«, sage ich, als vor uns endlich das kleine Leuchtschild der *Fabrik* sichtbar wird und Mama in ihrer Umhängetasche nach dem Schlüssel kramt. »Ich – bin – so – müde!«

9.

Ich werde davon wach, dass ein Wecker piept und sich die Matratze neben mir bewegt.

»Schlaf ruhig noch weiter«, flüstert Mama, nachdem ich mich blinzelnd im Bett aufgerichtet hab. »Ist noch viel Zeit bis zum Frühstück. Ich wollte vorher eine Runde joggen gehen und dann noch duschen.«

»Ach so.« Ich gähne und lasse mich wieder ins Kissen fallen. Durch meine Lider schimmert der neue Tag, aber ich lege mir Frotteefant aufs Gesicht und sperre ihn einfach aus.

Als ich das nächste Mal aufwache, bin ich allein. Dafür hängen noch überall um mich rum die Bilder aus meinem Traum, blöde Bilder: von Jamal, der tief unter mir durch eine steinige Gegend stapft, und von Amelie, die auf ihn zuläuft. Von mir selbst, wie ich auf einem Felsen stehe und ihn nicht warnen kann, weil ich viel zu weit weg bin – dort oben und erst recht hier, in Mamas und meinem Hotelzimmer.

Ich kann nur zugucken, wie Amelie einen letzten Anlauf nimmt, ihn anspringt, Jamal sie verdattert auffängt und sie sich in seine Arme schmiegt. Wie es sogar kurz so aussieht, als wollte sie ihn küssen, und sie sich dann von einer Sekunde auf die andere in Wölkchen verwandelt und zubeißt. Ich kann es genau erkennen, kann in jeder Ecke des Zimmers sehen, wie das Amelie-Wölkchen sich in Jamal verbeißt, bis die Bilder sich langsam auflösen und nur noch das Bett und der Korbstuhl und die Kunst an den Wänden zurückbleiben.

»Arschkuh!«, sage ich und löse mit der Zunge meine Zahnspange. Stehe auf, krame nach meinem Handy, wähle Jamals Nummer. Denn jetzt hab ich ein blödes Gefühl. Weil wir ihn allein gelassen haben. Und wegen meinem Traum. Und überhaupt.

Leider springt die Mailbox an, aber als ich gerade angefangen hab, mich anzuziehen, ruft er zurück.

»Lisse!«

»Da bist du ja.« Schnell fädle ich den freien Arm durch den T-Shirt-Ärmel, wechsle die Handyhand und ziehe das T-Shirt fertig an. »Ich wollte mich nur mal melden.«

»Du hast mich auf dem Klo erwischt. Wie ist es denn so bei euch? Ich hab gehört, ihr wolltet gestern Abend noch ausgehen, Solveig und du?«

»Wir waren essen und hinterher noch was trinken. In der Bar, wo Mama früher Kellnerin war und …«, ich zögere, »wo sie Markus kennengelernt hat.« Als es raus ist, warte ich ab, was Jamal dazu zu sagen hat, aber er scheint seinerseits nur darauf zu warten, dass ich weitererzähle. »Da war's eigentlich ganz nett«, murmle ich, steige in meine Shorts, friemle mit einer Hand den Hosenknopf zu. »Vor allem, weil Mama so gute Laune hatte. Wir waren erst kurz vor zwölf zurück.«

»Cool.«

Er findet es *cool.*

»Und wie geht's dir?«, frage ich vorsichtig.

»Alles bestens. Ich hab gestern so viel gezeichnet wie schon lange nicht mehr.«

»Echt?« Ich schweige. »Und sonst so? Du bist doch nicht traurig, dass wir ohne dich weggefahren sind? Oder dass Mama mir solche Sachen zeigt … Markussachen? Mal ganz ehrlich, Jamal?«

Er seufzt. »Nein, bin ich nicht. Ich finde es gut, dass ihr diese Reise macht. Und ich möchte nicht, dass ihr meinetwegen irgendwas auslasst. Was wichtig ist, muss man auch machen, capito?«

»Okay, okay, capito«, sage ich. »Weißt du was?«

Er weiß es nicht.

»Jetzt muss *ich* mal aufs Klo. Ich bin nämlich gerade erst aufgewacht und war noch nicht.«

»Dann mal los«, lacht er. »Mach's gut, Süße!«

»Du auch. Nicht rauchen – oder nur ganz wenig! Und pass auf, wenn du auf die Straße gehst. Amelie könnte unterwegs sein, die ist bissig.«

Als ich auflege, lacht Jamal noch immer. Ich geh einfach mal davon aus, das ist ein gutes Zeichen.

Leute, die lachen, leben länger.

Die Lampen im *Fabrik*-Café sind auf alt gemachte Globen, schmuddelig weiß und ziemlich funzelig im grellen Vormittagslicht, aber es lebt sich offenbar gut darauf. Jedenfalls ist auf der Erdkugel, die direkt über unserem Tisch hängt, gleich nachdem wir uns mit einem Vorabgetränk vom Tresen hingesetzt haben, eine Fliege gelandet und hat die ganze Zeit, die wir auf Herrn Petersen-Soundso gewartet haben, gemütlich am australischen Strand verbracht. Erst als ein sehr bärtiger Typ in der Eingangstür auftaucht und Mama mit einer ruckartigen Bewegung von ihrem Platz hochfährt, macht sie sich auf die Suche nach einer anderen Erde, in deren Umlaufbahn es ruhiger zugeht. Davon gibt es einige, denn alle übrigen *Fabrik*-Gäste scheinen schon vor uns gefrühstückt zu haben. Nur draußen vor der Fensterwand sitzen noch ein Mann und eine Frau auf der Raucherbank und trinken Latte macchiato.

»Toll, dass es geklappt hat«, höre ich Mama sagen, während ich der Fliege hinterhergucke.

»Yo.« Benedikt setzt sich auf einen freien Stuhl, sagt Hallo-öhm-…? und meint wohl mich.

»Lisse heiß ich. Hallo.« Ich schiele zwischen seinem Rauschebart und der Fliege hin und her. Dann verliere ich sie aus den Augen und lande mitten in seinem Blick.

Oha. Ein richtiger Intensivblick ist das. Traurig und gleichzeitig forschend. Ich hab noch nie jemanden so gucken sehen, aber ich hab auch noch nie jemanden kennengelernt, dem der Freund weggestorben ist … der *beste* Freund, schätze ich mal.

Unsicher tippe ich Mama auf die Hand. »Können wir jetzt was zu essen bestellen?«

»Klar.« Sie lächelt mir aufmunternd zu, obwohl ich genau sehen kann, wie aufgeregt sie selbst ist. »Benedikt, du bist natürlich eingeladen.«

»Danke.« Er greift zu einer der Speisekarten, die im Ständer auf dem Tisch klemmen, aber als der ebenfalls bärtige Café-Besitzer hinter dem Tresen hervorkommt und fragt, was er uns bringen kann, nimmt er nur einen Espresso.

Danach Small Talk. Berlin. Das tolle Wetter. Und plötzlich, gemeinsam mit meinem Obstsalat und Mamas Käsefrühstück, kommt die Fliege zurück. Gerade noch rechtzeitig, denn kaum ist sie auf einer Insel im Pazifischen Ozean gelandet, gibt Mama sich einen Ruck und beginnt, Benedikt Fragen zu stellen. Und da brauche ich dringend was, wo ich hingucken kann. Es ist schon schwierig genug, all das zu *hören*.

Dass Markus, ein paar Stunden bevor er sich mit zwei Komma irgendwas Promille in sein Auto gesetzt hat, noch bei ihm angerufen hat.

Dass er gerne was mit ihm unternehmen wollte, doch er, Benedikt, an dem Abend keine Zeit hatte, weil er mit seiner Freundin verabredet war.

Dass Markus in den letzten zwei Jahren mit keiner Frau mehr zusammen gewesen ist, dafür aber umso mehr von seinen *Verflossenen* erzählt hat, mal von der einen, mal von der anderen und immer wieder von Solveig Falke, die fast dreizehn Jahre zuvor von der Bildfläche verschwunden war.

Dass er sich allem Anschein nach in seiner Wohnung betrunken hat, gegen eins, halb zwei aus Berlin rausgefahren ist und es bis in die Gegend von Hohen Neuendorf geschafft hat, bevor ihm der Baum in den Weg gekommen ist.

Dass er eine Reisetasche dabeihatte.

Dass Benedikts Nummer die letzte auf der Anrufliste in Markus' Handy war und dieses beim Unfall heil geblieben ist.

Dass die Polizei darum ihn kontaktiert hat.

Dass er Markus identifizieren musste. Und seine ganzen Bekannten informieren. Und dass er sich nach einiger Zeit entschieden hat, auch der geheimnisvollen Solveig Falke Bescheid zu geben.

Benedikt verstummt. Mama fragt nicht weiter. Ich rege mich sowieso nicht.

Nur die Fliege nutzt die unverhoffte Ruhe und krabbelt erst ein Stück Richtung Südpol, bevor sie summend den Brotkorb ansteuert. Als meine Augen ihr auf den Tisch folgen, tun sie fast weh von dem vielen Hochgestarre.

Schließlich greift Benedikt nach seinem Espressotässchen und schlürft es leer. »Möchtet ihr noch was wissen? Sonst würde ich nämlich wieder aufbrechen.«

Da fragt Mama nach dem Begräbnis. Ob es okay war und ob Markus' Freunde alle dabei waren.

Benedikt schüttelt den Kopf. »Nur die Familie. Er wurde in seinen Heimatort zurückgebracht, beziehungsweise seine Asche. Aber ich war mit ein paar Leuten bei der Einäscherung dabei, drüben, im Krematorium Baumschulenweg, das war ganz gut.«

»Er ist *verbrannt* worden?«, rufe ich. »Einfach so, weil das jemand so wollte, oder weil er so schlimm aussah?«

»Lisse!«, sagt Mama.

Und wieder dieser Blick. Durchdringend. Als könnte er in die Dinge hineinsehen. Schnell spieße ich eine Weintraube auf.

»Ich frag ja nur …«

»Sowohl als auch«, sagt Benedikt. »Aber denk nicht daran. Merk dir, dass er vorher gut aussah.« Ich spüre, wie er noch einen Moment zu mir rüberguckt, bevor er aufsteht und Mama die Hand schüttelt. »Wenn noch was ist, habt ihr ja meine Nummer.«

Dann sagt er Tschüss und ist genauso plötzlich verschwunden, wie er gekommen ist.

Ohne ein Wort esse ich meinen Obstsalat auf. Leises Klappern hinter dem Tresen. Die Fliege, die einen Brötchenkrümel erkundet. »Das Foto!«, kommt es mir da in den Sinn. »Mist, wir haben ganz vergessen, ihn nach einem Foto zu fragen. Und von ihm hast du auch keins gemacht.«

»Ja«, sagt Mama. »Stimmt.«

Aber es klingt nicht so, als hätte sie es vergessen, sondern es vielmehr beschlossen. Und ein klein wenig kann ich das auch verstehen. Wenn einem einer so fremd ist. Und er gleichzeitig so viel weiß.

Trotzdem.

10.

»Und jetzt?« Ich stopfe meinen Rucksack in den Fußraum der Rückbank. Ziehe den Kopf zurück und schlage die Autotür zu.

»Alles verstaut?«, fragt Mama, ich nicke, und sie verriegelt den Smart. »Dann schlag ich vor, wir nehmen die U-Bahn am Schlesischen Tor, machen ein bisschen Sightseeing und überlegen uns, wie es weitergehen soll.«

»Ist gut. Ich brauch auch noch Postkarten für Fenja und Hanna. In der *Fabrik* hatten sie keine guten.«

»Na, dann.« Sie setzt sich in Bewegung.

Ich bleibe ein Stück hinter ihr, trommle mit den Handflächen einen Wirbel auf meine Oberschenkel und gehe für mich allein. Manchmal, da hab ich das. Da bin ich so voll mit irgendwas, dass ich niemanden um mich haben mag. Da will ich auch nicht groß reden. Da kann ich das alles nicht ab.

Zum Glück versteht Mama das. Sie ist ja selbst manchmal so. Schon nach dem Frühstück, als wir noch mal ins Hotelzimmer hochgegangen sind, um unsere Sachen zusammenzupacken, hab ich gemerkt, dass sie gemerkt hat, dass bei mir gerade *manchmal* ist. Also haben wir vor uns hingemacht und geräumt und gewurschtelt, uns ab und zu angeguckt und nur das Allernötigste besprochen.

Bis wann wir auschecken müssen. (Bis in siebzehn Minuten.) Ob wir noch ein paar Stunden in Berlin bleiben wollen. (Ja.) Dass wir das Gepäck im Auto deponieren sollten. (Und nicht im Gepäckraum der *Fabrik*, damit wir den Weg zum Hotel und von da aus zum Auto später nicht noch mal latschen müssen.) Und so was.

Auch jetzt, wo alles Nervige erledigt ist, hab ich noch keine Lust, mich zu unterhalten. Manches, was in einem vorgeht, kann man sowieso nicht sagen. Das ist so kompliziert, dass es nicht mal Wörter dafür gibt. Jedenfalls keine, die wirklich passen, sondern nur Vorstellungen. Und Gefühle. Und irgendwas im Körper.

Das muss man dann ganz allein mit sich rumtragen, Schritt für Schritt und Oberschenkelwirbel für Oberschenkelwirbel, bis es sich langsam ordnet.

Und die Wörter zurückkommen.

Liebe Hanna!
Viele Grüße aus Berlin. Da bin ich nämlich gerade mit meiner Mutter. Eben haben wir uns das Brandenburger Tor angeguckt. Dann waren wir auf dem Französischen Dom, und jetzt essen wir Törtchen in einem berühmten Schokoladenhaus. Fast nur alte Leute, aber lecker (also, die Törtchen). Hier ist ein Schokofleck für dich. Schön, so eine Postkarte, ne?
Deine Lisse

»Und?«, will Mama wissen, als wir, behängt mit Tüten und Schachteln, auf die Straße treten. »Schon eine Idee?«

Schwer zu beantworten. Denn *Idee* wäre übertrieben, aber einen Gedanken hab ich schon, einen, der sich hinter allem versteckt, was man zum Beispiel auf Postkarten erzählen kann.

Weil er gefährlich ist.

Und vielleicht sogar wehtut.

»Nicht wirklich. Ich frag mich bloß …«

»Ja?«

»Ach, ich weiß auch nicht. Und du?«

Mama antwortet nicht, guckt nur auf ihre Armbanduhr. »Willst du noch das Institut sehen, an dem ich studiert hab? Ist nicht weit weg von hier. Und bald geht sowieso erst mal der Berufsverkehr los, den ersparen wir uns.«

»Gut«, sage ich. »Zum Institut.«

Liebe Fenja!
Jetzt bin ich also in Berlin. Noch. Meine Mutter und ich überlegen gerade, wohin wir als Nächstes fahren. Bis wir's wissen, schlurren wir durch die Stadt wie die Landstreicher. Wenn ich nach Hause komme, hab ich vielleicht Flöhe. (Scherz!) Auf jeden Fall aber Blasen an den Fersen.
Deine Lisse

»Okay«, sagt Mama, als wir vor unserem Parkplatz stehen und es schon fast Abend ist. »Jetzt müssen wir aber mal in die Pötte kommen, sonst kommen wir heute nirgendwo mehr hin und müssen bei Rolf übernachten. Das hat er uns nämlich angeboten, nur dass du's weißt. Und bei Rolf ist es so gemütlich, da hängt man dann endgültig fest.«

»Echt?«

»Echt.« Sie verschränkt die Arme. »Also? Was fragst du dich, Lisse?«

Ich lehne mich müde ans Auto. Im Grunde weiß ich ja, dass ich nicht drum herumkomme. Weil man sich nicht nur das Schöne aussuchen kann, wenn man verreist. Berlin und Schokolade und Cocktails-mit-oder-ohne und Mamas Lachen. Da ist noch viel mehr, wenn man einen toten Vater mit an Bord hat, und das darf man nicht auslassen. Soll heißen, das Nicht-so-Schöne.

Ich sage: »Benedikt hat doch erzählt, Markus wäre aus Berlin rausgefahren. Über Hohen Trallala.«

»Hohen Neuendorf. Ja-a?«

»Ich überleg schon den ganzen Tag, wohin der wohl wollte. Und wo das gewesen ist mit dem Baum.«

Mamas Augen, die sie für einen Moment zusammenkneift. Dann löst sich irgendwas in ihrem Gesicht, so, als hätte sie die ganze Zeit auf etwas gewartet, und plötzlich ist es da.

»Willst du das wirklich wissen?« Sie stellt ihre Tüten aufs Autodach, nimmt mir meine ab und greift nach meinen Händen.

»Ja«, sage ich leise. »Ich glaub, das will ich wissen.«

Nachdem wir uns noch schnell im türkischen Supermarkt an der nächsten Ecke mit Reiseproviant eingedeckt haben, sitzen wir wieder im Smart, und nach der ersten großen Kreuzung deutet Mama auf die Anlage. »Stell mal an.«

»Die CD? Oder den Verkehrsfunk?«

»Die CD. Ich denke, ich sollte dir mal erzählen, was es damit auf sich hat.«

Ich drehe den Schalter mit Schwung nach rechts, und als mir die ersten Töne entgegenbrausen, erinnern sich meine Arme und Beine sofort. Wie von selbst angle ich mir meine Sticks und trommle los, in Richtung Handschuhfach für die Snare, zur Tür für die große Tom und in Richtung Ablage für die Hi-Hat, die kleinen Toms und das Crashbecken, während mein rechter Fuß auf der Fußraummatte die Bassdrum tritt.

»Lei-ser!«, ruft Mama. »Wie soll ich denn da was erzählen?«

Ups. Ich gebe mir noch zwei, drei Takte Luftschlagzeugspiel, dann stecke ich die Sticks zurück ins Seitenfach und regle die Lautstärke runter.

»Mannomann!« Mama stöhnt. »Fast so irre wie dein Vater. Der war noch ein bisschen verrückter, wenn er diese Musik gehört hat.«

Das finde ich nun interessant. Wenn es um Musik und damit verbundenes Irresein geht, steh ich ja sonst eher allein da. Auch wenn ich es vielleicht anders nennen würde. »Wieso?«

»Na ja, er ist dazu ge-fah-ren! Und seine Anlage war getunt.«

Ich stelle noch ein bisschen leiser. »Erzähl!«

Und Mama erzählt. Ruhig und konzentriert, als ginge es um nichts anderes als den grauen Asphalt, der sich Kilometer für Kilometer vor uns in die Länge zieht. Dabei ist es tausendmal mehr, womit sie da rausrückt. Auch wenn es mit dem Asphalt zu tun hat.

Mama ist nämlich auch mal mit Markus verreist. Sie haben das Auto vollgepackt und sind drauflos gefahren, genau wie wir. Gar nicht lange nach dem Abend, an dem Markus nicht wie seine Kumpels nach Hause gegangen war, haben sie sich auf den Weg gemacht, den Bauch voller Schmetterlinge und die Ohren voll lauter Musik. Nur dass es damals sein Auto war, ein sehr alter Citroën, und Mama die Beifahrerin, weil sie ihren Führerschein erst später in Hannover gemacht hat. Und dass die Richtung vorher schon feststand, nämlich Norden. Aus Berlin raus, über Hohen Neuendorf und Birkenwerder und immer weiter durch Brandenburg, bis rauf nach Mecklenburg-Vorpommern, das Markus ihr unbedingt zeigen wollte. Weil er dort immer hinfuhr, wenn er die Stadt überhatte und ein bisschen Glücklichsein brauchte. Und weil sie noch nie dort gewesen war.

Als Mama das sagt, dämmert mir was. »Stand es diesmal auch schon fest?«, frage ich. »War es die ganze Zeit dein Plan, dass wir da auch hinfahren? Und du hast nur so getan, als würden wir zusammen entscheiden?«

Das hasse ich nämlich. Wenn ein Erwachsener so tut, als dürfte man mitreden, aber im Grunde steht schon die ganze Zeit fest, was gemacht wird. Das hasse ich sogar, wenn es um so was Gutes geht wie eine Reise nach Mecklenburg-Vorpommern, wo meine Eltern gewesen sind, als sie ineinander verliebt waren, mit einer CD, auf die mein Vater meiner Mutter seine Lieblingslieder gebrannt hatte, Punk und Hardcore und alles, worauf er wie ein Tier abgegangen ist, wenn man Mama Glauben schenken darf.

»Nein, tat es nicht.« Sie guckt fest auf die Straße. »Es stand überhaupt nichts fest.«

Einen Moment hab ich den Eindruck, sie will bloß alles abstreiten, und das finde ich noch blöder. Das ist dann nämlich wieder ein So-tun-als-ob, und zwar auf dem zweiten Level, also ein So-tun-als-ob-man-nicht-so-getan-hätte-als-ob. Doch dann löst sich ihr Blick von der Straße, wandert vom Innen- zum Seitenspiegel und von da aus zu mir, bevor er sich wieder nach vorne richtet, und sie sagt: »Tut es doch auch immer noch nicht, oder? Bisher war meines Wissens bloß die Rede von Hohen Neuendorf und Umgebung.«

Was auch wieder stimmt. Es ist noch gar nichts entschieden. Und plötzlich kapiere ich, dass das Ganze auch so ein Gedanke ist. Einer, der sich mal hier und mal da versteckt, mal bei Mama und mal bei mir. Und den wir nur zusammen hervorlocken können …

Ich schiele nach links.

Sie schielt nach rechts.

… hervorgelockt haben. Jetzt gerade. Einfach, weil er der richtige ist.

»Kann ich jetzt wieder lauter stellen?«, frage ich. Und weil Mama nichts dagegen einzuwenden hat, drehe ich am Schalter und greife nach meinen Sticks.

11.

Während die Stadt langsam ausläuft und die Siedlungen immer kleckriger in der Landschaft verstreut liegen, fange ich an, nach Unfallkreuzen Ausschau zu halten. Sehe mich nach Blumen und Grablichtern um, mache mich sogar auf liegen gebliebene Splitter am Straßenrand gefasst, aber so gründlich ich auch gucke, ich kann nichts entdecken. Nur Streckenpfeiler, der Randstreifen und einmal, leider, ein totes Kaninchen.

Auch in dem Wald, mit dem Berlin endgültig aufhört, Berlin zu sein, und der sich laut Mama direkt bis nach Hohen Neuendorf zieht, sind keine Hinweise zu finden. Dabei gibt es jede Menge Bäume, gegen die man auf dieser Strecke donnern kann, und jeder von ihnen könnte Markus' Baum gewesen sein.

Dann kommt schon ein Gewerbegebiet, und an seinem Ende fahren wir in den Ort hinein: Häuser, Gärten, ein riesiges Gebäude, das aussieht wie ein chinesischer Tempel. Weiter die Hauptstraße entlang, vorbei an Wiesen und einem Waldstück, bis wieder neue Häuser kommen.

»Herrje«, sagt Mama, »das ist schon Birkenwerder.« Sie setzt den Blinker, biegt scharf ab und fährt in schräger Richtung zurück. Auch hier kein Kreuz und kein Gedenkstein, sondern einfach nur eine Fahrbahn, die in einen Wald führt, dann noch mal durch einen Ortsteil von Hohen Neundorf und schließlich raus aufs freie Feld.

»Tja«, sagt sie und geht vom Gas. »Jetzt sind wir einmal drum herumgefahren. So ungefähr jedenfalls. Und wenn wir nicht wieder nach Berlin wollen, sollten wir uns schnell was überlegen.«

»Anhalten?«, schlage ich vor.

»Ich kann nicht mitten auf der Landstraße halten. Aber da war doch eben ein Feldweg, oder?« Sie wartet, bis ein entgegenkommender Lieferwagen an uns vorbeigefahren ist, macht dann einen Schulterblick und wendet. Ganz in der Nähe geht zwischen Waldrand und Feldern tatsächlich ein huckeliger Weg ab. Wir fahren ein Stück von der Straße weg, bevor Mama den Smart abstellt und wir aussteigen.

Schön ist es hier.

Schön und ruhig.

Nur die Vögel, die ihr Abendlied singen, und aus dem Wald Salven aus liebestollem Froschgequake.

Ich sage: »Irgendwo hier muss es jedenfalls passiert sein.«

»Irgendwo hier«, sagt Mama. »Genauer müssen wir's auch nicht unbedingt wissen, oder?«

Ich ziehe die Schultern hoch. Zugegeben, ein bisschen enttäuschend finde ich es schon. Aber immerhin weiß ich jetzt, wie es an dem Fleckchen Welt aussieht, wo Markus gestorben ist. Wie gut die Stille klingt, nachdem ein Motor verstummt ist. Und wie es duftet, wenn die erdige, kühle Luft aus einem Wald auf die trockene, warme, die über einem Weizenfeld aufsteigt, stößt. Da mag ich nicht rummosern.

»Lust auf Abendbrot?«, fragt Mama.

»Oh ja!«

Sie klappt den Kofferraum auf und holt eine von unseren Isomatten als Picknickunterlage raus. »Im Feld, okay? Wo wir doch schon so ein unverschämtes Glück haben, dass es noch nicht abgeerntet ist …«

»Darf man das denn? Machen wir da nicht alles platt?«

Mamas überraschtes Gesicht, als hätte sie in ihrem ganzen Leben noch keinen Gedanken daran verschwendet, ob ein Picknick im

Feld nun erlaubt ist oder nicht beziehungsweise ob die Tatsache, *dass* es erlaubt ist oder eben nicht, irgendeinen Unterschied macht. Dann dreht sie sich um und scheint nachzudenken. »In der Schneise dort hinten«, sagt sie schließlich und zeigt auf eine Treckerspur, die mitten durch den Weizen führt, »da darf man das. Zumindest, solange es keiner bemerkt.«

»Pssst! Duck dich!«

Ehe ich weiß, was los ist, liege ich zwischen halbleeren Olivenschälchen, Fladenbrotstücken und Kräutercremes auf der Isomatte. Im nächsten Augenblick bemerke ich selbst die Fußgänger auf dem Feldweg, höre sie miteinander sprechen. Es sind zwei Männer, Bauern vielleicht, Waldarbeiter oder sonstige brandenburgische Ureinwohner, und sie scheinen sich über unser Auto zu wundern, das vollgepackt in der Gegend rumsteht.

»… das denn hier …?«, höre ich den einen fragen. Der andere sagt irgendwas über unser Kennzeichen und Hannover 96, diese Idioten, die bestimmt nur auf Stippvisite in die Erste Liga aufgestiegen sind, und die beiden lachen, bevor die Stimmen wieder leiser werden. Als ich vorsichtig über die Ähren hinweglinse, sind die Männer schon fast in der Dämmerung verschwunden.

Ich tauche wieder ab und kichere. »Die haben uns nicht gesehen.«

»Nee.« Mama grinst. »Die glauben wahrscheinlich, es hätten sich ein paar dämliche Touristen aus Hannover auf einer Wanderung verlaufen, wären weiß der Henker wo gelandet und hätten ihr Auto noch immer nicht wiedergefunden.« Dann stützt sie ihren Kopf in die Hand und klaubt mit der anderen einen runtergefallenen Olivenkern auf. »Weißt du was?«

»Was denn?«

Sie wirft den Kern im hohen Bogen ins Feld. »Ehrlich gesagt hab ich gar keine Lust, mich heute noch mal hinters Steuer zu setzen. In einer Viertelstunde ist es dunkel, und ich bin echt zu groggy für eine Nachtfahrt. Ob wir heute noch eine brauchbare Unterkunft ergattern, ist auch fraglich. Wollen wir nicht lieber morgen früh weiterfahren?«

In der ersten Sekunde kriege ich einen stockstarren Schreck. In der nächsten holpert mein Herz los, aber nicht vor Angst, sondern vor wilder Aufregung.

»Du meinst …?«

Und Mama meint. Genau das Abenteuerliche, das sonst immer nur die Leute in Geschichten machen, Leute wie Huck Finn und die Rote Zora, während echte Leute bloß davon reden, so was müsste man *eigentlich* auch mal tun. Ganz besonders die Erwachsenen, und sie kriegen dabei diese merkwürdig funkelnden Augen, aber wehe, einer wäre wirklich so drauf, da kämen sie gleich mit irgendwelchen Regeln und Konsequenzen und letzten Verwarnungen. Und so passiert es eben doch nicht, das Abenteuerliche …

… oder eben wohl.

Blitzschnell sammeln wir die restlichen Lebensmittel ein, um in der Nacht keine futtersuchenden Tiere anzulocken, Mäuse zum Beispiel oder Ratten, und bahnen uns durch den kühler gewordenen Weizen einen Weg, um alles aus dem Auto zu holen, was wir für eine Übernachtung im Feld benötigen. Die zweite Isomatte und die Schlafsäcke, Frotteefant, zwei Pullover als Kopfkissen, unsere Zahnbürsten, eine Flasche Wasser.

»Die Regenjacken wären auch nicht schlecht«, sagt Mama, als ich schon wieder umkehren will. »Morgen früh gibt's nämlich Tau, und der legt sich auf jedes Fitzelchen Haut, das nicht im Schlafsack steckt.« Dann zieht sie ihr Smartphone hervor und fängt netterweise an, ihre Nachrichten zu checken, sodass ich meine bescheuerte Regenjacke einfach überziehen kann, ohne aus Gründen der Ehre noch mühsam dagegen andiskutieren zu müssen. Darauf, nachts nass zu werden, bin ich nämlich echt nicht sonderlich scharf.

Erst nachdem ich mir die Kapuze aufgesetzt und sie unterm Kinn zusammengezogen hab, fügt sie hinzu: »Kein Empfang! Fast wie im Gruselfilm.«

Und gemessen an dem Schauer, der sofort meine Arme runterrieselt, bin ich wirklich froh, dass wir uns jetzt nicht noch wegen Regenjacken gestritten haben. Wer in der Wildnis überleben will, muss unbedingt zusammenhalten.

Wobei es mit dem Zusammenhalten so eine Sache ist. Natürlich hat Mama sich mit ihrem Schlafsack direkt neben mir ausgestreckt, und natürlich hat sie, bevor sie eingeschlafen ist, schützend einen Arm um mich gelegt. Ihr Atem geht gleichmäßig auf und ab und bläst mir alle paar Sekunden warme Luft an die Wange.

Aber sie *schläft*. Und wenn man selbst wach ist, weil es sich so ungewohnt anfühlt, unter dem freien Nachthimmel zu liegen und zwischen all den schwarzen Halmen nichts anderes zu sehen als den Mond und eine Million Sterne, nichts, das nur ein winziges bisschen kleiner und unbedeutender ist als das Universum, und weil es dauernd irgendwo knackt und die verliebten Frösche sich nun wirklich die Kehlsäcke aus dem Hals schreien, dann kommt einem ein Schläfer ganz weit weg vor. Und im Prinzip ist er das ja auch.

Neben einem Schläfer ist man allein.

Nur die Tiere der Nacht sind bei einem, die netten und auch die, die man nicht unbedingt treffen will. Und dann noch die Geister der Toten, vielleicht.

»Markus?«, flüstere ich.

Keine Antwort. Nur ein Grunzen, ganz in der Nähe.

Ein *Grunzen*?!

»Ich weiß, dass du mich nicht kennst, aber … könntest du trotzdem gerade mal gucken, was hier los ist? Immerhin kanntest du Mama und warst sogar mal in sie verliebt.«

Es ist *wirklich* ein Grunzen und es ist *wirklich* in der Nähe.

»Tut mir auch leid, dass du diesen Unfall hattest. Ehrlich wahr, Alkohol hin oder her. Wir sind extra deswegen hergekommen, weißt du? Und, öhm, *ein* Todesfall sollte doch wohl reichen …«

Es grunzt und raschelt.

»Ich weiß auch, welche Musik du am liebsten mochtest. Echt cool ist die, besonders –«

Luftanhalten. Da ist was Großes, gleich hinter meinem Kopf. Was *ziemlich* Großes, schätze ich mal. Aber es tut nichts. Es steht einfach nur da und scheint sich zu wundern. Im nächsten Moment setzen die Geräusche wieder ein, werden leiser, verziehen sich langsam in Richtung Wald.

Raschel-raschel-grunz-grunz.

»– besonders Track Nummer drei.« Ausatmen. »Mit der Clave in der Snaredrum. Der ist so – wow.«

Noch ein Knacken, dann ist es wieder ruhig, von den Fröschen mal abgesehen.

»Morgen fahren wir übrigens nach Mecklenburg-Vorpommern«, füge ich noch hinzu. »Wenn du willst, können wir dich mitnehmen … weißt du ja.«

Ein letzter Blick in den Himmel. Dann schmiege ich mich dicht an Mama. Und sage nichts mehr.

12.

»Komm«, sagt Mama, kaum dass ich ein bisschen blinzle. »Ich würde gerne abhauen, bevor die ersten Leute auftauchen. Du kannst im Auto weiterschlafen.«

»Mmmmhmmm …«

Die Frösche, deren Gequake gerade noch in meinen Ohren geklungen hat, sind verstummt, dafür singen die Vögel wie verrückt, und als ich es schaffe, meine Augen aufzumachen, hängt ein blasser Dunst zwischen dem Feld und dem hellblauen Himmel. Der Geruch der Isomatte in meiner Nase und dazu ein vorzeitiger Hauch von Herbst. Ich setze mich auf und bibbere.

»Gott, bist du übernächtigt.« Mama gibt mir einen Kuss auf die Kapuze.

Wie auf Kommando überfällt mich ein Gähnen. »Ich glaub, ich bin gerade erst eingeschlafen.«

»Jetzt übertreibst du aber«, sagt sie und hilft mir aus dem Schlafsack.

Fröstelnd hebe ich Frotteefant auf und drücke ihn an meine Wange, aber er ist klamm und muffelig, und ich lasse ihn wieder sinken. »Tu ich nicht. Ich hab ewig wach gelegen. Da war ein Wildschwein bei uns.«

»Das hast du geträumt.«

»Hab ich nicht.«

»Hast du bestimmt. Sonst hättest du mich doch wohl geweckt.«

»Hätte ich gar nicht«, sage ich. »Bei so was muss man sich ruhig verhalten. Und außerdem –«

Mama guckt mich an. »Was, außerdem?«

»Nichts.« Ich winke ab. Alle Geistergeschichten muss sie ja nun auch nicht kennen.

Sie wartet noch kurz, aber als von mir nichts mehr kommt, hockt sie sich hin und rollt mit schnellen Bewegungen die Isomatten auf. »Also«, sagt sie schließlich. »Noch schnell ein Beweisfoto, und dann lass uns von hier verschwinden.«

Das Erste, was ich sehe, als der Brummton des Motors und das leichte Vibrieren meiner zurückgelegten Sitzlehne es nicht mehr schaffen, mich in den Schlaf zurückzuziehen, und ich einen ersten Orientierungsblick aus dem Seitenfenster werfe, ist Wasser. Viel Wasser, endlos viel Wasser, das hinter einem Saum aus Feldern und kleinen Wäldchen hervorblitzt.

»Willkommen zurück.« Mama wendet sich mir kurz zu. Sonnenbrille. Rote Wangen, vielleicht von der Sonneneinstrahlung, vielleicht hat sie sich zwischendurch auch mal ordentlich aufgeregt. Winzige Schweißperlen auf Stirn und Oberlippe. »Und, ausgeschlafen?«

»Glaub schon.«

»Gut. Wir sind nämlich fast da.«

Dieser Blick, dieses Licht. Das Wasser funkelt so grell, dass ich die Augen zu zwei Schlitzen zusammenkneifen muss. Ich besitze nämlich keine Sonnenbrille, aus irgendeinem Grund, der mit meinem Alter zu tun haben muss, mit der Tatsache, dass ich noch nicht Auto fahre, und der merkwürdigen Annahme, als Kind bräuchte man auch noch keine. Obwohl *niedliche* Leute es ja nun wirklich nötiger haben als solche, die ohnehin schon cool aussehen.

»Wo ist denn ›da‹?«

»Der See da hinten ist die Müritz. Und der Rest so eine Art Niemandsland. Aber ich kann dir versichern, sobald das erstbeste Café auftaucht, halten wir an. Ich hab Kaffeedurst und Frühstückshunger wie sonst was.«

Es stellt sich heraus, dass wir, während ich in meinem Sitz gelegen und selig und süß geschlummert hab, über drei Stunden durch die Pampa getuckert sind, erst durchs Löwenberger Land und die Uckermark, dann durch die Feldberger Seenlandschaft und schließlich hinein ins Mecklenburger Großseenland, wo Mama sich leider verfahren hat, weil sie zuerst dachte, es ginge ohne nerviges Navi, was sich leider als gravierender Irrtum rausstellte, dass wir uns nun aber *mit* nervigem Navi in direkter Anfahrt auf Waren an der Müritz befinden.

»Gibt's da wohl auch ein Klo?«, frage ich.

»Das will ich doch schwer hoffen.« Mama räuspert sich. »Ich gedenke nämlich, bis morgen dort zu bleiben.«

Und es gibt ein Klo. Sogar mehrere. Schon allein in dem Selbstbedienungscafé, das wir ziemlich schnell aufgetan haben, nachdem Mama von der Bundesstraße abgefahren ist und den Smart auf einem Parkplatz am Rand der Altstadt abgestellt hat, gibt es mehrere blank geputzte Frauentoiletten, mit lila Duftspülern in den Schüsseln und Entspannungsmusik im Vorraum, mit Flüssigseife und weichen Papiertüchern und mehr als genug Platz zum Zähneputzen.

»Jetzt hab ich auch Hunger.« Mit diesem frischen Mundgefühl, das man unbedingt braucht, ehe man morgens was essen kann, setze ich mich zu Mama an unseren Tisch, draußen, unter einem der großen, quadratischen Sonnenschirme mitten auf dem Warener Marktplatz.

Und Mama hat uns schon reichlich eingedeckt. Mit Kaffee und Kakao, Brötchen und Croissants, mit verschiedenen Käsesorten, einem kleinen Schälchen Himbeermarmelade und zwei großen Stücken Mohnkuchen – und alles steht so appetitlich da in dem weichen, warmen Stoffschatten.

»Oh«, sage ich, und über Mamas Gesicht huscht ein Lächeln. Aber richtig fröhlich sieht sie nicht dabei aus. Eher k. o. und auf sonderbare Weise fern hinter ihren schwarzen Brillengläsern. Sie greift nach einem Croissant und bricht es über ihrem Teller auf, doch es ist, als würde sie gar nicht wirklich da sitzen und frühstücken, jedenfalls nicht jetzt und mit mir, sondern eher in einer anderen Zeit.

»Warst du mit Markus hier?«

Mama schiebt die Sonnenbrille ins Haar, guckt auf. »Nicht in diesem Café. Aber in Waren sind wir gewesen. Auch mal hier, auf dem Markt.«

»Und wie war das?«

Sie streicht Butter auf ein Stück Croissant und stippt es in die Marmelade. »Teils, teils. Aber das erzähl ich dir später. Erst mal müssen wir was essen. Und dann irgendwo ankommen.«

Der Campingplatz liegt direkt am See und dementsprechend voll ist er auch. Es haben sich ganze Siedlungen aus Wohnwagen gebildet, manche mit Gärten und Wäscheleinen und allem Pipapo, andere, die dicht an dicht zugestellt sind, aber die moppelige Frau, die im Verwaltungsgebäude hinterm Computer hockt, sagt, für eine Nacht und ein Zelt, da gehe noch was, wenn's nicht gerade die Edelgegend mit Uferblick und persönlichem Parkplatz sein müsse.

»Nee, nee«, sagt Mama. »Das Schmuddelviertel reicht.«

Frau Moppel lacht, laut und mit so hässlichen Zähnen, dass ich beinahe das Fürchten kriege, aber da mischt sich in ihr Wiehern ein zweites Lachen, leiser und kichernder, soll heißen, das Lachen von einem Kind, und ich sehe mich neugierig um.

Ein Mädchen, in der Tür zum Nebenraum, die hinter der Empfangstheke ein Stück weit offen steht. Sie ist vielleicht nicht ganz so alt wie ich, aber auch nicht viel jünger. Nur ein wenig kleiner ist sie und so drahtig wie ein Junge, mit richtig starken Armen unter den Spaghettiträgern ihres hellblauen Oberteils.

»Na, Stellachen«, sagt Frau Moppel. »Willste mal gucken, wer da schon wieder angereist ist? – Das ist meine Nichte, die sagenhafte Stella Maria Kaumanns. Sie kommt manchmal her und geht mir zur Hand, wenn's viel zu tun gibt.«

Mama sagt: »Wow!«

»Richtig für Geld?«, frage ich.

Stella sagt gar nichts, sondern guckt nur mit klaren, freundlichen Augen zu mir rüber, von denen man sofort weiß, dass sie einen niemals anlügen könnten, und ich gucke zurück, und dann guckt sie wieder und lacht noch ein bisschen, und da weiß ich, wir mögen uns.

»Dann mal bitte hier ein Autogramm.« Frau Moppel legt einen Zettel auf die Theke und macht mit Kugelschreiber ein Kreuzchen neben eine Linie.

Nachdem Mama unterschrieben hat, bekommen wir noch eine Stellplatznummer, einen Plan vom Campingplatz und einen Stadtplan der Warener Innenstadt.

»Dahin gehen Sie 'ne gute halbe Stunde den Fußweg am Ufer entlang. Außerdem fährt zweimal die Stunde ein Bus. Den hast du doch bestimmt im Kopf, Stella?«

»Immer um eins und einunddreißig«, sagt Stella, und ihre Stimme ist genauso nett wie alles andere an ihr.

»Super.« Mama macht sich eine Notiz, legt den Kuli zurück und greift zu ihrer Kameratasche. »Also dann, Lisse, lass uns mal aufbauen.«

Ich nicke und ziehe die Gurte von meinem Rucksack zurecht. Dann gucke ich noch mal kurz zurück und winke, ehe ich Mama nach draußen folge.

13.

Mit dem Aufbauen ist es allerdings so eine Sache. Auf den Fotos, die ich von Jamals ganzen Campingtouren kenne, erst als Kind mit seinen Eltern, später als Student, sieht das Zelt immer ganz harmlos aus, dreieckig und gemütlich, wie in diesen alten Kinderbüchern, in denen die Mütter Mutti heißen und die Kinder Susanne oder Andreas. Aber jetzt, wo es nur aus Planen, Stangen und Heringen besteht, tut es alles, um nicht noch mal herhalten zu müssen, wehrt sich, bockt, scheint keine neumodischen Bewohner zu wollen.

»Scheiße!«, zischt Mama und kämmt sich mit gespreizten Fingern die Haare aus der Stirn. An ihren Schläfen glänzt es feucht. »Warum passt diese dämliche Stange schon wieder nicht in die Öse?«

»Keine Ahnung. Vielleicht ist es *auch* die falsche?« Ich betrachte die Metallstangen, die in mehreren Haufen neben der Zeltplane liegen. Damit es nicht ganz so ahnungslos aussieht, schiebe ich sogar ein paar ineinander, puzzle und probiere, aber es sind echt viele, und im Gesamten erschließen sie sich mir einfach nicht. Überhaupt ist es viel zu heiß zum Denken. Die Sonne, die prall auf unsere Köpfe scheint, die Luft, die sich keinen Millimeter bewegt, und immer, wenn man meint, so oder so könnte es gehen, kommt eine Mücke angesirrt und lenkt einen ab.

Schließlich setze ich mich im Schneidersitz in einen schmalen Streifen Heckenschatten, der an unseren Stellplatz grenzt. Ziehe meine Sticks aus dem Rucksack, trommle eine Sechs-Achtel-Clave auf den trockenen Rasen und warte ab, was passiert.

Das kommt bei Mama allerdings gar nicht gut. Mit einem Ratschen reißt sie die Stange aus der Stoffbahn, durch die sie sie mühsam gefriemelt hat, und schmeißt sie auf den Boden.

»Du bist mir echt eine Hilfe!«

»Ich hab nie behauptet, dass ich ein Zelt aufbauen kann«, sage ich. »Schon gar nicht dieses Steinzeitding. Du wolltest es mitnehmen, nicht ich.«

Darauf erwidert Mama nichts. Sie hockt sich nur mit zusammengekniffenen Lippen hin und geht noch mal Stange für Stange durch.

»Ruf doch Jamal an und frag *ihn*.«

»Ach ja?«, schnappt sie. »Und der kann mir natürlich aus der Patsche helfen, oder was? Weil er ein starker Mann ist und ich nur eine hilflose Frau?«

Was das nun wieder soll, begreife ich erst recht nicht. Nur dass Mamas Blick so dunkel ist wie seit Tagen nicht mehr und dass das vermutlich nicht nur an den Zeltstangen liegt, sondern auch an anderen Dingen, die vermutlich genauso wenig zusammenpassen, wird mir auf unangenehme Weise klar.

Also lege ich die Sticks ins Gras, krabble zu ihr hin und berühre sanft ihre Hand. »Nein. Nicht weil Jamal ein Mann ist! Sondern weil es sein Zelt ist, nicht deins. Und weil er es schon tausendmal aufgebaut hat, du aber noch nie.«

Mama hebt das rotverschwitzte Gesicht. Verzieht den Mund und seufzt. »Oh mein Gott! Tut mir leid, Lisse, Erwachsene sind manchmal bescheuert. Ich war in Gedanken ganz woanders. Außerdem bin ich müde von der langen Fahrt. Ich ruf jetzt Jamal an, notfalls per Videoanruf, und wenn das Scheißzelt steht, leg ich mich erst mal hin. Danach ziehen wir los und kaufen was fürs Abendessen ein, in Ordnung?«

Da kommt mir ein guter Gedanke. Eigentlich sind es sogar zwei Gedanken, von denen einer mit Mama und der andere mit Stella zu tun hat. »Das kann ich machen!«, rufe ich. »Nach Waren gehen und einkaufen. Und wenn du dich ausgeschlafen hast, ist schon alles da.«

Mama betrachtet mich eine Weile, als wäre sie sich in dieser Hitze nicht mehr ganz sicher, ob eine Zwölfjährige wirklich kein Kleinkind mehr ist und schon alleine einkaufen kann. Dann sagt sie: »Schmier dich mit Sonnencreme ein. Ich geb dir zwanzig Euro mit. Und keinen Blödsinn machen, okay? Nimm dein Handy mit, für alle Fälle.«

Klar hab ich extra den Schlenker gemacht, der am Verwaltungsgebäude vorbeiführt. Und klar hab ich mich trotz des Stadtplans in meinem Rucksack noch mal breit und ausführlich bei Frau Moppel erkundigt, ob ich auf dem Weg in die Stadt irgendwas beachten muss, ob es Abzweigungen gibt, die ich verfehlen könnte, und welcher Laden wo ist. Aber als Stella ohne viel Aufhebens hinter der Theke hervorkommt und sagt, sie könne mitgehen und es mir zeigen, durchfährt mich trotzdem ein Prickeln.

Vor Überraschung.

Und vor Freude.

»Musst du denn heute nicht mehr auf dem Campingplatz helfen?«, frage ich sie, als wir zusammen die Strandpromenade entlanggehen, die über und über mit Blätterschatten getüpfelt ist, und der Sand fühlt sich so weich unter den dünnen Sandalensohlen an, und zwischen den Bäumen glitzert überall das Wasser hindurch.

»Ich komm und geh, wann ich will. Ich mach das nicht für Geld. Meine Tante hat selbst nicht genug, um mir was zu geben.«

Ich muss zugeben, das imponiert mir. Vor allem, weil Stella es kein bisschen maulig sagt, sondern so, als wäre es das Normalste der

Welt, dass Kinder in den Ferien mit anpacken, statt zum Beispiel … zu verreisen.

»Ich mach das zum Spaß«, fügt sie hinzu. »Das ist besser, als immer nur zu Hause zu sitzen oder zu baden.«

»Wir wären um ein Haar auch nicht weggefahren. Aber dann …«, ich zögere, doch irgendwas an Stellas Art lässt mich weitersprechen, »… dann ist mein Vater gestorben, und wir sind doch losgefahren.«

»Das ist ja traurig«, sagt sie.

Einfach so: *Das ist ja traurig.*

Mit ihrer hellen Stimme.

»Na ja, ich kannte ihn gar nicht. Und meine Mutter kannte ihn auch nur noch von früher. Wir leben mit ihrem Freund zusammen, der ist total nett.«

Mit schneller Bewegung zerklatscht Stella eine Mücke auf ihrem Oberarm. »Meine Mutter hat auch einen Freund, aber den find ich nicht so nett. Der vorige war besser. Und der davor ging auch.«

»Oh.«

Eine Weile gehen wir nur nebeneinanderher und sagen gar nichts, weil das sowieso schon viel mehr ist, als man sich normalerweise erzählt, und auch weil das Wasser plötzlich zu beiden Seiten neben uns steht und der Boden unter unseren Schritten nur noch ein schmaler Streifen ist, eine grüne Brücke, die mitten durch das schwappende Gefunkel führt. Und wenn etwas so wunderschön aussieht, muss man auch schon mal seine Klappe halten.

Eine Sache will ich dann allerdings doch noch wissen. »Und *dein* Vater?«

Stellas Gesicht, über das ein Lächeln huscht. »Der ist nett und unheimlich witzig. Aber ich seh ihn nicht so oft. Er wohnt in

Rostock, dafür muss man ja jedes Mal eine Fahrkarte kaufen und ein Busticket und alles … Da vorne geht jetzt übrigens die Stadt los, siehst du? Und weiter hinten beim Hafen wohne ich.«

Ich blicke auf. Vor uns wird das Land wieder breiter, wird zu einer bunten Fläche aus Straßen und Häusern und Lädchen und Supermärkten. Wir geraten auf einen ganz normalen Bürgersteig, der sich nach dem vielen Sand und Gras viel zu hart anfühlt, und ich merke, ich will noch nicht Tschüss sagen, will nicht, dass Stella genauso verschwindet wie all die anderen Leute, die einem auf einer Reise über den Weg laufen. Ich will zumindest einen Aufschub.

»Hast du Lust auf ein Eis? Es gibt doch bestimmt eine Eisdiele hier in der Nähe?«

»Schon, aber …« Ihre Wangen überzieht eine feine Röte. »Ich hab kein Geld dabei.«

»Ich lad dich natürlich ein!«, rufe ich. »Fürs Weg-Zeigen und überhaupt. Auf ein Spaghettieis oder so. Bitte, Stella, ja?«

Sie sagt etwas, aber ein Motorroller knattert an uns vorbei, und ich kann es nicht verstehen.

»Was?«

»Die Eisdiele heißt *Tutti Frutti*«, wiederholt sie leise.

Und darüber müssen wir ganz fürchterlich kichern.

Mein Handy klingelt, während ich, die Draußenwärme im Rücken und die Klimaanlagenluft im Gesicht, im Eingangsbereich vom Edeka Mamas Einkaufsliste studiere und überlege, worauf man beim Zelten essenstechnisch am ehesten verzichten kann: Joghurt, Käse, Brot, Obst, Saft, Tomaten, gefüllte Peperoni, dicke Bohnen in Soße oder Tortellini für den Campingkocher.

Denn alles, was auf dem Zettel steht, kann ich beim besten Willen nicht kaufen, dafür waren die Eisbecher leider zu teuer. Elf Euro plus Trinkgeld, das ja immer noch fett dazukommt, nur damit man am Tisch sitzen und sich in Ruhe unterhalten darf. Über die Hälfte vom Einkaufsgeld ist also futsch, aber es war nun mal wichtig, und wenn was wichtig ist, muss man es auch machen.

Hunger hab ich jetzt sowieso keinen mehr, im Grunde brauche ich also nur noch für Mama einzukaufen, und ich schätze, allein will sie gar nicht so viel verdrücken. Da ist es vielleicht ganz praktisch, dass sie mich anruft und ich sie direkt mal fragen kann, was ihr lieber ist: was Warmes für den Campingkocher oder was Kaltes auf die Hand.

Als ich mein ungeduldig klingelndes Handy endlich in meinem Rucksack finde, sagt es nämlich *Mama*, und: »Mama?«, sage ich, nachdem ich die Taste mit dem grünen Hörer gedrückt hab.

»Lisse?!«, sagt Mama auch ganz folgerichtig, aber dann passiert was Doofes. Ich kann gerade noch ein Hör-mal-wo-steckst-du-denn-die-ganze-… hören, ziemlich nervös, so wie es sich anhört, wenn Eltern gerade eine Sorgenattacke kriegen, danach fängt es an zu piepen, und ich verstehe kein Wort mehr. Und ehe ich auch nur einen einzigen sorgenvertreibenden Satz von mir geben kann, geschweige denn, die Sache mit dem Essen ansprechen, ist die Verbindung weg.

»Hallo?«

Nichts.

Auflegtaste drücken. Versuchen zurückzurufen. Geduldig warten, dass ein Gespräch aufgebaut wird … Das Handy reagiert nicht.

Akku leer, null Prozent. Kein Wunder, ich hab ihn seit Tagen nicht aufgeladen. Und als ich einen Blick auf meine Armbanduhr werfe, leuchtet mir auch ein, wie lange ich schon unterwegs bin, nämlich *sehr* lange, und da ist Mamas Sorgenattacke wohl auch nicht weiter erstaunlich.

Mist.

Ich stecke das Handy wieder ein, nehme mir einen Plastikkorb vom Stapel und tappe mit weichen Knien in den Supermarkt. Lege zwei Bio-Bananen auf die Kontrollwaage und rechne. Dasselbe mit einem Pfirsich und mit einem Apfel. Zusammen dürften sie ungefähr zwei Euro kosten, das ist okay. Und Obst ist bestimmt gut, denke ich mir mal, davon isst Mama zu Hause ganze Körbe leer. Die Tomaten lasse ich weg, die sind meistens ja mehr zur Dekoration. Auf ein Brot verzichte ich auch, dafür hole ich mit der Greifzange ein Weizenbrötchen aus dem Selbstbedienungsregal und packe es in eine Papiertüte. Neunundzwanzig Cent. Eine runtergesetzte Flasche Orangensaft, ein Euro. Weiter zum Kühlregal, gucken, rechnen, vergleichen. Ich reibe mir über die nackten T-Shirt-Arme, in den Lebensmittelfächern ist der Winter in vollem Gange, und entscheide mich schließlich für eine Packung Spinat-Ricotta-Tortellini und eine Tüte Streukäse.

Davon müsste Mama locker satt werden, und vielleicht, vielleicht bekomme ich sogar noch genug Wechselgeld raus, um auf dem Rückweg den Bus zu nehmen und sie nicht mehr allzu lange warten zu lassen.

»Einsachtundfünfzig zurück«, sagt die Frau an der Kasse. Ich atme auf.

Muss das schrecklich sein, wenn man nicht genug Geld hat. Ich meine, wirklich nicht genug. Und das auch noch immer. Nicht, dass man nur manchmal knapp bei Kasse ist.

14.

So wohnlich das dreieckige, ein bisschen windschiefe Zelt nun auch aussieht, so unbehaglich fühle ich mich, als ich beginne, hinter Mama herzukriechen, um es von innen zu besichtigen.

Natürlich hat sie mich erst mal kurz an sich gedrückt und erleichtert »Da bist du ja!« geflüstert. Aber an ihren verschatteten Augen hab ich gesehen, dass da wahrscheinlich noch was nachkommen wird, und ihr Blick sah nicht weniger düster aus, nachdem ich meinen halbleeren Rucksack geöffnet und ihr die ganze Sache erklärt hab – mit dem leckeren Spaghettieis und der verpassten Zeit und dem teuren Trinkgeld und dem etwas-zu-kleinen Einkauf von Edeka.

»Jetzt komm erst mal gucken«, hat sie nach kurzem Schweigen gesagt, und, na gut … mitkommen und gucken, das ist ja ein harmloser Anfang.

Ich spreche ihr schnell ein Lob aus: Für eine hilflose Frau habe sie es letzten Endes doch erstaunlich gut hingekriegt mit dem Aufbau, aber sie sei ja dank moderner Technik auch von einem starken Mann unterstützt worden. Und auch ihr schiefes Grinsen zeigt, dass sie eigentlich gar keine Lust hat zu schimpfen. Schon gar nicht in einem Zelt, in dem so warm das gedämpfte Sonnenlicht steht, die Schlafsäcke weich unter unseren Knien rascheln und der alte Stoff einen Geruch nach Reisen und Abenteuern und Entdeckungen verströmt. Doch als ich schon denke, vielleicht hat sie sich wieder beruhigt, bricht es doch aus ihr hervor. Nicht laut und unfreundlich, aber auf versteckte Weise geladen, und das ist fast noch unheimlicher: Ob ich eine Vorstellung hätte, wie es für eine Mutter ist, wenn ihr Kind sich in einer wildfremden Umgebung Stunde für Stunde herumtreibt, und was sie auszustehen hätte, wenn sie nach langem Ringen – schließlich sei sie keine hysterische Glucke! – versucht, das Kind anzurufen, das Telefon aber im nächsten Augenblick *tot ist*.

»Ja, nein«, sage ich. »Aber du wusstest doch, wohin ich -«

Ob mir eigentlich klar sei, was es bedeutet, sich an Absprachen *zu halten*, auch wenn einem der Zufall noch so viele tolle Dinge in den Weg weht.

»Welcher Zufall? Stella hat mich begleitet, und ich hab mir gedacht, es wäre gut, wenn ich -«

Was denn ich davon halten würde, wenn eine Person das Geld, das ich ihr für ein *gemeinsames* Abendessen anvertraut habe, für sich und jemand anderen verprasst.

»Jetzt bist du aber gemein! Ich hab schließlich noch so viel wie möglich -«

Ja ja. Aber wie viel Lust ich noch auf die geplante Kochaktion hätte, wenn der andere dann mit vollgeschlagenem Süßmagen und einem Mach-du-mal-ich-will-eh-nix-mehr-essen dazu erscheint. Dass das was mit Hängenlassen zu tun hat und *bla-bla-mecker-mecker.*

Es folgt noch dies und das, aber was es ist, kriege ich nicht mehr richtig mit. Meine Gedanken rutschen einfach weg, irgendwohin, wo es still ist und friedlich, und ich kann bloß zugucken, wie eine winzige Babyspinne die beigefarbene Plane entlangkrabbelt. Eine Weile wuselt sie orientierungslos hin und her, dann seilt sie sich an einem hauchfeinen Faden ab und verschwindet in der Ritze zwischen Boden und Seitenwand.

»Lisse, hörst du mir überhaupt zu?«

»Was?« Ich zucke zusammen.

»Ob du mir zuhörst, verdorri noch?!«

»Nö!«, rufe ich. »Du hörst mir ja auch nicht zu. Du redest einfach irgendwas!«

Mama seufzt. »So kann ich mir die Worte der Weisheit auch sparen, fürchte ich.« Sie legt den Kopf schief, betrachtet mich ein Weilchen und fährt mir schließlich mit einer eckigen Bewegung übers Haar. »Was mich betrifft: Ich hab nämlich Hunger. Und ein bisschen raus möchte ich nach dem Essen auch noch, sonst ist so ein See ja irgendwie … überflüssig.«

Ich spüre in meinen Bauch. Sage: »Ich kann ja meinetwegen ein paar Tortellini mitessen. Für den herzhaften Magen.«

»Umami-Magen«, verbessert Mama. »Na, dann lass uns mal den Kocher anschmeißen. *Vielleicht* geb ich dir was ab.«

Als wir in unsere Handtücher gewickelt am Badestrand sitzen, merke ich, dass Wind aufgekommen ist. Richtiger, rauschender Wind, der alle anderen Geräusche leise werden lässt. Ganze Herden von Schäfchenwolken treibt er am Himmel zusammen, und die letzten Strahlen Abendsonne, die es noch schaffen, durch die Baumkronen zu dringen, tanzen wild über den Sand.

Mama holt die Kamera aus der Tasche und macht ein Foto. »Zieh dir besser mal was über«, sagt sie dann und deutet auf meine Klamotten.

Ich verschwinde mit ihnen unter mein Badetuch, pelle mich aus dem klammen Badeanzug, ziehe mich an.

Als ich wieder auftauche, ist die Sonne untergegangen.

Mama hat sich ein Bandana um den Kopf gebunden und trägt ihre warme Strickjacke über dem Bikini, deren Maschen im Dämmerlicht zu einem wolligen Teppich verschwimmen.

»Erinnerst du dich, dass ich dir noch eine Antwort schuldig bin?«

Zugegeben, ich muss kurz nachdenken. Immerhin lag ich heute Morgen noch in einem Feld in Brandenburg, und seitdem ist so schrecklich viel passiert, die Fahrt, der See, der Campingplatz und Stella, ich hab geschlafen, gestritten, gegessen, gebadet, dass da schon mal was durchrutschen kann. Aber dann fällt es mir ein: Frühstück auf dem Warener Markt, ich, die etwas fragt, und Mama, die »Später!« sagt.

»Wie es war, als du mit Markus hier gewesen bist, wollte ich wissen.« Ich lasse mir einen Windstoß mitten ins Gesicht wehen.

»Wir hatten damals kein Zelt dabei, sondern haben draußen übernachtet«, fängt Mama an. »An einer versteckten Badestelle ein Stück außerhalb, wo wir uns mit Sack und Pack eingerichtet haben.«

»Und?«

»Am Anfang war es echt romantisch.« Mama lacht. »Du weißt schon, der See und der Mondschein und nur wir beide.«

»Äh … ja.«

»Aber am zweiten Tag, da hatte sich was verändert. Wir sind abends in Waren Pizza essen gegangen und haben dabei ein paar Typen kennengelernt, die noch feiern gehen wollten und uns fragten, ob wir Lust hätten mitzukommen. Also sind wir mit ihnen los.«

Ich lege den Kopf in den Nacken. Der Himmel sieht wüst aus, Fetzen von Dunkelblau zwischen dicht aneinandergedrängten Schäfchen und dazu größere Wolken, die sich auftürmen und mit breiten Schultern voreinanderschieben.

»Zuerst war es auch ganz lustig«, fährt Mama fort. »Wir sind was trinken gegangen und haben uns unterhalten. So auf die übliche Art – Geschichten erzählen, Sprüche klopfen, Witzchen machen. Doch dann hat einer von ihnen vorgeschlagen, bei ihm zu Hause weiterzutrinken, er hätte noch eine Flasche Whiskey im Schrank, und dazu hatte ich keine Lust mehr.«

»Aber Markus schon?«

»Ja.« Sie hält einen Moment inne, und ich horche auf das Rauschen, das sich steigert und wieder in sich zusammenfällt. »Jedenfalls lief es darauf hinaus, dass er noch mit den anderen gegangen ist und ich den letzten Bus genommen hab, der aus der Stadt rausfuhr. Markus wollte ein, zwei Stunden später nachkommen. Ich hab mich also durch den Wald geschlagen und zu unserem Übernachtungslager zurückgetastet, und da hab ich dann gelegen und gewartet. Gegen sechs, halb sieben ist er gekommen. Mit dem Auto und so breit, dass ich ihn überhaupt nicht wiedererkannt hab. Lallen, Grölen, die absolute Selbstüberschätzung. Fehlte nicht viel, und er hätte sich für unsterblich gehalten.«

»Oh«, sage ich.

»Ja«, sagt Mama. »Wir hatten eigentlich geplant, an diesem Morgen weiterzufahren. Und er wollte es auch, ohne Schlaf und mit wer weiß wie viel Promille im Blut, um diese *Wahnsinns*feierstimmung mitzunehmen – aber ich hab mich geweigert, bei ihm einzusteigen. Wir haben uns gezofft, er fand mich unlocker und eine Spaßbremse, und schließlich hat er sich hingelegt und den ganzen Tag verschlafen. So war das.«

Ich schiele zu Mama hin, aber jetzt guckt sie in den dunkler werdenden Himmel, durch den ein tiefes Grummeln zieht.

»Lass uns mal aufbrechen«, sagt sie, als unsere Blicke sich schließlich treffen. »Kann gut sein, dass das heute noch was gibt.«

Und es gibt was. Als wir gerade ins Zelt schlüpfen, fallen die ersten Tropfen auf die Plane und rollen schwer die Schrägen hinab. Und nachdem wir den Reißverschluss hinter uns zugemacht haben und in die Schlafsäcke gekrochen sind, knattert der Zeltstoff schon in einem böigen Gewitterschauer.

»Hält das alte Ding auch dicht?«

»Wir wollen es hoffen«, sagt Mama.

Ich lege mich zurecht und lausche auf den Donner, der langsam, aber sicher näher rückt. Lege mich noch mal um und nehme Frotteefant in den Arm. Neben mir dreht Mama sich raschelnd auf die Seite.

Ich muss daran denken, wie sie ganz alleine an ihrem Lagerplatz am Seeufer gelegen hat, damals, in dem Sommer vor dreizehn Jahren, während sie auf Markus wartete. Fast kann ich es vor mir sehen: Mama, Solveig, den Schlafsack bis ans Kinn hochgezogen und die Augen weit geöffnet, weil sie natürlich nicht einschlafen kann. Wer wartet, schläft nicht, so viel weiß ja sogar ich, und außerdem hat sie Angst. Angst vor dem Wald und der rauschenden Dunkelheit, in der sie ganz allein ist. Angst, dass Markus Dummheiten macht oder ihm was zustößt. Angst, dass er nicht zurückkommt, Angst, Angst, Angst …

Für den Bruchteil einer Sekunde erhellt ein Blitz das Zeltdach, und mit der Dunkelheit, die folgt, kommt donnergrummelnd ein neues Bild. Eins, das näher an mir dran ist, ganz nah sogar: Mama, die sich nach langem Aufbau-Geacker müde und erschöpft ins Zelt legt, um in der Nachmittagshitze ein Nickerchen zu halten. Aber sie kann nicht schlafen, weil sie schon wieder warten muss, und wieder hat sie Angst. Sie wartet auf ihr Kind, auf mich, und macht sich Sorgen. Ob ich mich in der fremden Umgebung auch wirklich zurechtfinde. Wo ich so lange bleibe. Ob ich Dummheiten gemacht hab oder gar was passiert ist.

Oh nein.

Ein neuer Blitz, der durch die Nacht zuckt, und mit ihm eine unangenehme Aufregung, die durch meinen Körper fährt.

Donner.

Ich denke an meinen Vater, denke an den Markusgeist, der irgendwo dort draußen rumspukt und wilde Gewittertänze aufführt. Wie ein Unsterblicher. Dabei ist er längst zum Geist geworden, ist tot, tot, tot, weil er so viel Blödsinn gemacht hat. Weil er einer war, der ohne nachzudenken den tollen Dingen hinterhergerannt ist, die einem so in den Weg wehen. Netten Leuten, mit denen man Spaß haben kann, obwohl man eigentlich mit jemand anderem unterwegs ist. Genau wie ich, seine Tochter.

O-o-oh nein.

Der Regen ist angeschwollen. Ich hebe die Hand und betaste die Zeltwand, die kühl und ein bisschen klamm ist, aber vermutlich nicht mal einen afrikanischen Regenguss durchlässt.

Wär ich doch besser Jamals Kind geworden! Auf Jamal kann man sich verlassen, immer, immer und immer – und auf mich könnte man es dann sicher auch. Aber so kann man es nicht, schließlich bin ich *fast so irre wie mein Vater.*

Wieder ein Blitz, dicht gefolgt vom Donner, und wieder diese schreckliche Aufregung. Danach spüre ich meine Blase, nicht sehr voll, aber auch nicht leer, und das hasse ich so sehr, dass ich gar nicht erst probieren muss, nicht darauf zu achten. So wird das nichts mit Schlafen.

Flüstere: »Ich muss noch mal aufs Klo.«

Keine Reaktion.

»Mama?«

Nichts.

Ich lege Frotteefant beiseite, krieche leise aus dem Schlafsack und suche nach dem Zipper vom Reißverschluss.

»Warte kurz«, kommt es da von ihrer Seite. »Ich muss auch noch mal. Ich fürchte nur, ich hab die Regenjacken im Auto gelassen.« Sie hüstelt. »Das Gewitter wird bestimmt gleich schwächer. Dann werden wir nicht ganz so nass.«

15.

Liebe Mama!, schreibe ich, den Kopf in die linke Hand gestützt, auf meinen Briefblock.

Die Nacht ist vorbei, das Morgenlicht lässt das Zeltdach matt leuchten, und gleich, wenn wir uns beide fertig gemacht haben, wollen wir nach Waren reinfahren, was fürs Frühstück und Proviant für die Weiterfahrt einkaufen. Aber irgendwie komm ich nicht hoch. Erstens, weil meine Beine nicht aus dem Schlafsack wollen, so schwer und müde, wie sie noch sind. Und zweitens, weil auch mein Kopf sich weigert, den neuen Tag in sich reinzulassen. Er ist einfach zu vollgestopft, mit Wörtern und Sätzen und diesem schrecklichen Unbehagen, das ich einfach nicht loswerde, solange ich mich nicht entschuldigt hab.

Nein, der neue Tag kann erst kommen, wenn alles gesagt ist, soll heißen, wenn alles *aufgeschrieben* ist, was gesagt werden muss. Und zwar jetzt sofort, solange Mama noch im Waschraum ist und duscht. Denn manchmal ist es einfacher, einen Brief zu schreiben, als einfach drauflos zu reden. Und dieser Brief hier ist schon schwierig genug.

Es tut mir leid wegen gestern. Ich hab nicht nachgedacht, als ich, ohne dich vorher zu fragen, mit Stella weggegangen bin. Ich wollte dir keine Angst machen oder dich ärgern. Es tut mir wirklich leid.

Nachdenklich nehme ich das Ende vom Füller in den Mund, sauge ihn bis zum Gaumen hoch und schiebe ihn mit der Zunge wieder nach vorn. Vielleicht ist es blöd zu erklären, wie es eigentlich zu all dem gekommen ist. Das könnte wie eine Ausrede klingen, wie der Versuch, sich aus der Tinte zu ziehen. Aber ohne Erklärung ist es auch wieder bescheuert, denn wie, bitte, soll ein anderer sonst verstehen, warum man etwas gemacht hat?

Ich dachte, es wäre richtig, Stella einzuladen. Ich dachte, es wäre wichtig. Weil sie so nett zu mir war und weil Jamal am Telefon zu mir gesagt hat, man soll auf einer Reise nichts Wichtiges auslassen. Was nicht heißen soll, dass Jamal schuld ist. Schuld bin ich selber, weil ich nicht dran gedacht hab, was noch viel wichtiger war, als mit Stella ins Eiscafé zu gehen. Nämlich mich an das zu halten, was wir beide vereinbart hatten, ganz besonders, weil wir uns aufgeteilt hatten und du auf mich gewartet hast.

Ich wollte nicht so sein wie Markus damals. Ich will nicht so sein wie er.

(Auch, wenn er gute Musik gehört hat.)

Deine Lisse

Nachdem ich alles noch mal überflogen hab, stecke ich meinen Füller zurück ins Federmäppchen, reiße den Briefbogen vom Block und lege ihn auf Mamas Schlafsack. So kann sie ihn gleich sehen, wenn sie vom Duschen zurückkommt. Besser kann ich es nicht sagen. Und jetzt muss ich wirklich aufstehen und mich anziehen, schwere Beine hin oder her.

Hallo, Samstag.

»Da war ein Backshop!«

»Hab's gesehen.« Mama fährt einfach weiter.

Ich erwidere nichts, gucke nur raus auf die Straße, wo sich in tausend Pfützen grell der weiße Himmel spiegelt, warte ab, was passiert.

Seit Mama meinen Brief gelesen hat, haben wir noch nicht miteinander gesprochen, jedenfalls nicht *darüber*, nicht über das Wichtige, also über sie und mich und Markus, sondern nur über gewöhnliche Dinge. Dass wir das Zelt am besten erst nach dem Frühstück abbauen, damit wir nicht auf der nassen Wiese essen müssen.

Dass wir aber schon mal einen Teil des Gepäcks zum Auto mitnehmen sollten, um später nicht fünfmal rennen zu müssen. Dass es sich durch das Gewitter um mehr als zehn Grad abgekühlt hat und wir beide darum keine übermäßige Lust haben, vor der Weiterfahrt noch mal in den See zu springen. So was eben.

Aber jetzt ist irgendwas im Busch, jedenfalls kommt es mir so vor, und darum halte ich sicherheitshalber meinen Mund. Mama ist an der Reihe, was zu sagen, nicht ich.

Ich frage nicht, warum sie an sämtlichen Lebensmittelläden von Waren vorbeirauscht. Ich frage auch nicht, was los ist, als sie, ohne nach rechts und links zu gucken, aus der Stadt rausfährt. Vielleicht kennt sie ja eine gute Landbäckerei? Oder sie möchte mir vorher noch was zeigen? Eine Aussicht, ein Gebäude … einen geheimen Ort …

Das muss es sein. Sie will mir was zeigen. Und als sie in eine schmale Waldstraße einbiegt und kleine Tropfenschauer von Sträuchern und Bäumen auf die Scheiben sprühen, dämmert mir auch, worum es geht.

»War es –«

»Hier in der Nähe, genau.« Mama lächelt, ohne den Blick von der Straße abzuwenden. Immer wieder hält sie Ausschau, bis sie einen schotterbedeckten Seitenweg findet und entschlossen hineinfährt. Ein gutes Stück geradeaus, dann, plötzlich, hält sie den Smart an. »So. Lass uns mal die Plätze tauschen.«

»Hä?«

»Du hast mich schon verstanden.« Sie schaltet den Motor aus, schnallt sich ab, steigt aus dem Wagen.

Was sie von mir will, wird mir allerdings erst voll und ganz bewusst, als sie die Beifahrertür öffnet und mein Herz es mir mit einem Stolpern verrät. »Was soll das?«

Sie sagt: »Jetzt bist du dran.« Und weil ich mich nicht rühre, öffnet sie meinen Gurt, streckt mir die Hand entgegen, zieht mich raus in die sauber gewaschene Waldluft. »Na los!«

»Aber …«

»Ich pass auf. Du musst nur fahren und bremsen. Ganz gemütlich, im ersten Gang.«

Mit mulmigem Gefühl tappe ich um den Wagen herum und setze mich auf den Fahrersitz.

»Anschnallen, Sitz vor, Hände am Lenkrad auf zehn vor zwei.«

»Und wenn uns einer sieht?«

»Hier doch nicht.« Mama dreht den Zündschlüssel, der Smart brummt erwartungsvoll auf. »Jetzt die Kupplung kommen lassen und gaaaanz vorsichtig Gas geben.«

Kaum bewege ich meinen Fuß, säuft der Motor ab.

»Der Klassiker. Noch mal.«

Zündschlüssel, Motorbrummen, langsam den Fuß anheben uuund … Yay! Mit einem kleinen Ruck setzt sich das Auto in Bewegung. Dann kriechen wir über den Schotterweg.

»Ich fahre!«, rufe ich. »Oder, Mama?«

Sie lacht. »Könnte man so nennen. Steuer ruhig halten … ja … fahren, fahren … ein bisschen schneller, sonst überholen uns noch die Schnecken … und da hinten bei der Weggabelung anhalten.«

Kaum berühre ich die Bremse, ist der Motor schon wieder abgewürgt und der Smart bleibt unsanft stehen. Aber das macht nichts. Denn ich sehe schon, wir sind genau da, wo es hingehen sollte. Durch die Bäume schimmert die Müritz, und ein kleiner Fußpfad führt direkt auf eine Badestelle zu.

»Während du gucken gehst, wende ich. Und dann fahren wir zurück, okay? Ich schlage vor, wir gehen noch mal zu dem Edeka, wo du gestern warst. Irgendwann muss hier ja mal anständig eingekauft werden.«

»Okay«, sage ich, und mein Herz holpert noch mal heftig. »Das kann ich machen. Bis zur Straße zurückfahren. Und für uns einkaufen.«

»Einverstanden. Übrigens –«, Mama nimmt meine Hand in ihre, »eins solltest du dabei wissen. Ich steige nur zu Leuten ins Auto, denen ich hundertprozentig vertraue.«

Während ich dort hinspüre, wo ihre Haut meine umschließt, schaue ich durch die Frontscheibe und kneife dabei die Augen zu Schlitzen zusammen. »Dann brauche ich doch bei Gelegenheit mal eine Sonnenbrille.«

Mama drückt kurz zu, dann lässt sie meine Hand wieder los. »Bei Gelegenheit vielleicht.«

»Aber später seid ihr doch noch zusammen weitergefahren, oder?«, frage ich, als wir wieder im Zelt sitzen. Mama schnippelt Obst und ich bin fürs Müslianrühren zuständig, schiebe mir aber erst mal ein paar kleine, süße Aprikosen in den Mund, um nicht versehentlich vor Hunger umzukommen.

»Natürlich. Nachdem Markus sich ausgeschlafen hatte, war er ja wieder nüchtern, und ich kann dir sagen, es war ihm ziemlich peinlich, was vorgefallen war. Er hat sich entschuldigt, ich hab drüber hinweggesehen und wir sind guter Dinge weiter. Erst mal war auch alles wieder wie vorher … fast. Immerhin waren wir verliebt.«

Ich nicke. Spucke einen Kern in die Mülltüte, lasse einen großen Batzen Naturjoghurt in unsere Campingschüssel tropfen und streue eine Handvoll Honig-Knusperflocken dazu. Dann stelle ich die Frage, die ich mir bis jetzt aufgespart hab, weil so viel anderes Vorrang hatte. »Wo seid ihr denn als Nächstes hingefahren?«

Mama guckt auf. »Ach Gott, das weißt du ja noch gar nicht! Woher auch. Also, wir sind nach Rostock hoch. Tolle Stadt, direkt an der Ostsee, mit einem großen Überseehafen aus der DDR-Zeit. Wenn du Lust hast –«

»*Rostock*?!« Ich starre sie an. »Können wir da wirklich auch hinfahren?«

»Ja-a?«, sagt sie verdutzt. »Was ist daran so aufregend? Das sind nur knapp hundert Kilometer von hier, und es wäre ziemlich komisch, nach Mecklenburg-Vorpommern zu fahren, *ohne* Rostock zu besichtigen.«

Ich weiß gar nicht, wo ich anfangen soll.

Ich muss an Stella denken, die ihren Vater fast nie besuchen kann, weil niemand ihr die Fahrt bezahlt. Er selbst nicht, weil er wegen einer *dummen, kleinen Sache* im Gefängnis saß und jetzt leider arbeitslos ist. Und ihre Mutter nicht, weil sie Stellas Vater hasst und ihr schwer verdientes Putzgeld nicht dafür hergeben will. Und Frau Moppel nur ganz selten, weil sie so schlechte Zähne hat und auf eine Behandlung sparen muss, die leider sehr, sehr teuer ist.

Ich denke an die Sache, die Armut heißt und ein Arschloch ist, und daran, wie lustig Stella trotzdem ist und wie unlustig manche reicheren Leute, Amelie zum Beispiel und ihr dämliches Wölkchen, und wie ungerecht das alles ist und dass es manchmal aber auch Glücksfälle gibt.

Zuletzt sage ich alles auf einmal, und was unterm Strich dabei rauskommt, ist: »Können wir Stella nach Rostock mitnehmen?«

Mama schiebt die Obststückchen mit dem Schneidemesser in die Müslischüssel. Wischt sich die Hände an einem Küchentuch ab und zieht mich in ihre Arme.

»Bitte entschuldige, dass ich gestern so überreagiert hab«, sagt sie mir leise ins Ohr. »Du hast gar nichts Falsches gemacht. Mir kommen im Moment nur so viele Erinnerungen, an jedem Ort, in jeder Minute. Da passiert es leider schon mal, dass man was verwechselt.«

»Du meinst, mich und Markus?«

Dort, wo Mamas Gesicht meins berührt, wird es feucht.

»Ja«, flüstert sie. »Aber du bist nicht so wie er. Du bist nur du selbst, Lisse. Manchmal ein bisschen verpeilt, doch alles in allem ganz, ganz wunderbar. Eine, die weiß, was wichtig ist.«

Dann lässt sie mich los und fährt sich über die Augen. Nimmt die Müslischüssel, rührt noch mal alles um. »So, jetzt frühstücken wir endlich. Und danach gehen wir zur Rezeption und bitten um die Telefonnummern von Stellas Eltern, um zu fragen, ob wir sie bis Rostock mitnehmen dürfen. Die *weltbeste Stella Maria Kaumanns* hab ich heute übrigens schon gesehen … sie ist bestimmt deinetwegen so früh gekommen.«

16.

Mit einem raschelnden Geräusch landet die Mülltüte im Container auf der Hinterseite des Parkplatzes, ein paar Wespen schwirren auf, und schnell klappe ich den Deckel wieder runter. Gehe weiter zu den Glascontainern, atme durch den Mund, um den ekligen Fuseldunst nicht riechen zu müssen, schmeiße die Orangensaftflasche in den Container für Braunglas. Dann laufe ich zurück zum Auto.

Als beim Beladen Mamas Smartphone gesummt hat und sie mir sagte, Frau Kaumanns sei jetzt im Verwaltungsgebäude, ich solle bitte das Gepäck im Auge behalten, bis sie und Stella wiederkämen, war mir dass, ehrlich gesagt, ganz lieb. Es war schon unangenehm genug, als sie früher am Vormittag mit Stellas Mutter telefoniert hat und schnell klar wurde, dass es dieser Frau völlig egal ist, ob und mit wem ihre Tochter im Auto mitfährt, zumindest wenn es nach Rostock geht.

»Da hab ich nix mit am Hut!«, konnte man sie deutlich durch die Leitung rufen hören. »Stellas Vater – der ist für mich gestorben!«

Ich hab gesehen, was mit Stellas Gesicht passiert ist und wie sie ihre Augen, die bis dahin gestrahlt hatten wie zwei Wunderkerzen, niedergeschlagen hat.

Unangenehm.

Da muss ich nicht auch noch bei der *Begegnung* dabei sein. Denn darauf hat Mama bestanden: dass sie und Stellas Mutter sich wenigstens mal kurz beschnuppert haben, bevor sie ihr Kind entführt. Entweder hier auf dem Campingplatz oder bei Kaumanns zu Hause.

»Zu Hause?!«, hat Stellas Mutter gerufen. Und gesagt, das käme ihr gar nicht in die Tüte.

Aber dann hat Frau Moppel mit ihr gesprochen, ihre große Schwester. Sie hat gesagt, das sei doch ein unheimlich nettes Angebot und für die Rückfahrt werde, falls nötig, sie aufkommen, und schließlich hat Frau Kaumanns eingelenkt. Wenn's denn so fürchterlich dringend sei, könne sie Stella vor der Arbeit ein paar Sachen für die Reise vorbeibringen, es werde allerdings ein bisschen dauern.

Und es *hat* gedauert. So lange, dass Stella schon Angst hatte, es würde doch nichts mehr daraus werden.

»Manche Eltern sind doch bescheuert«, sage ich und hocke mich im Schneidersitz auf den freien Parkplatz neben unserem Smart. Lege den Kopf in den Nacken und gucke in den Wolkenhimmel, durch den nun doch wieder zögerlich die Sonne bricht. »Ja, du auch, Markus. Mama so zu behandeln! Du kannst froh sein, dass sie nicht nachtragend ist, du verpeilter Blödmann. Und dass sie damals noch keinen Führerschein hatte, sonst hätte sie sich einfach in dein Auto setzen und abhauen können, während du geschlafen hast.«

Dann kommt mir ein unheimlicher Gedanke, und ich stehe schnell wieder auf, um einen Blick ins Auto zu werfen. Der Kofferraum ist schon so gut wie voll, und wie wir mit Stella an Bord die übrigen Sachen unterbringen wollen, ist mir ein Rätsel. Sicher ist aber, dass jemand hinten sitzen muss, mit Sack und Pack auf der Rückbank. Und weil man seinem Gast normalerweise den besseren Platz überlässt, bin der Jemand wohl ich.

»Ich weiß ja nicht, ob du vorhast, noch weiter mit uns zu fahren, Markus«, murmle ich, »aber eigentlich sind wir schon voll.«

Dann fällt mir der Schriftzug auf der Heckklappe ins Auge: *Forfour.* Und ich weiß, so einfach wird man einen Vatergeist nicht los, schon gar nicht auf solch einer Reise. So sind Geister nun mal.

Sie fragen nicht, ob man sie bei sich haben will, dicht an dicht in einen roten Smart gequetscht.

Sie sind einfach da.

Jedes Mal wenn auf einem Schild *Rostock* zu lesen ist, dreht Stella sich zu mir um, und jedes Mal leuchten ihre Augen wieder ein bisschen mehr.

»Hast du gesehen? Keine achtzig Kilometer mehr«, sagt sie beim dritten Schild, als schon fast von Neuem die Wunderkerzen funkeln.

»Ja.« Ich lächle sie an. »Freust du dich auf deinen Vater?«

Sie nickt und lächelt zurück. Dann raschelt es, und sie hält eine offene Tüte Gummibärchen über die Lehne. »Magst du? Die lagen ganz oben in meiner Tasche.«

Ich nehme mir eine Handvoll und stopfe sie mir in den Mund.

Danach fragt Stella, was *wir* in Rostock eigentlich vorhaben.

Kauend gucke ich in den Innenspiegel und suche Mamas Blick. Es dauert nicht lang, bis er darin auftaucht. Allerdings gibt er keinen Hinweis auf irgendwelche Pläne, sondern scheint vielmehr wissen zu wollen, was ich selbst zu der Sache zu sagen hab.

»Wir fahren zu *meinem* Vater. Also, zu dem toten, du weißt schon. Oder *mit* ihm … gewissermaßen.«

»Ist klar.« Stella sagt es, als wäre es nichts, was man irgendwie erklären müsste. »Aber wohin genau? Rostock ist ja groß, da kann man viel machen. – Noch Gummibärchen?«

Ich nehme mir wieder ein paar. »Mama war mal mit ihm da. Mama? Was habt ihr in Rostock gemacht?«

»Genau das war unser Problem«, sagt Mama, mehr an Stella gewandt als an mich. »Wir konnten uns nicht einigen und haben die meiste Zeit nur tatenlos rumgehangen. Ich hab mich vor allem für die Altstadt und den Hafen interessiert, Markus war eher auf Warnemünde und das Meer aus. Außerdem wollte er gerne Karten für *Rostock rockt* ergattern.«

»Ach ja, das hat Lisse erzählt. Dass er gerne Musik gehört hat.« Kurzes Umdrehen. Wunderkerzenaugen, so lustig, als gäbe es keine Enttäuschungen auf der Welt. »Bei *Rostock rockt* war mein Vater auch schon mal.«

»Echt?«, frage ich interessiert, und Mama entschlüpft ein kleiner Seufzer.

»Noch so ein Irrer?«

»Nee, er hat da nur gejobbt.« Stella kichert und hält ihr die Gummibärchen hin. »Bier verkaufen und so was. An die ganzen Irren, die da in der Affenhitze zwei Tage durchgerockt haben.«

Mama greift lachend in die Tüte.

Ich für meinen Teil schiele auf den Gepäckberg neben mir, und für drei, vier, fünf Sekunden kommt es mir vor, als würde sich darin ein blonder Umriss abzeichnen und vielsagend in meine Richtung schauen.

»Von wegen irre. Solche Leute wissen, was gut ist.« Eigentlich bin ich ja böse auf Markus, aber in manchen Punkten muss ich eben doch zu ihm halten, schon aus Prinzip.

»Stell mal die CD an, Mama«, sage ich noch und taste unauffällig nach den Sticks, die halb unter meiner linken Pobacke klemmen. »Dann könnt ihr was erleben, ihr Ahnungslosen!«

Und als die ersten Töne aus der Autoanlage brausen, beginne ich, ein Schlagzeugkonzert gegen Stellas Rückenlehne zu trommeln, das sich gewaschen hat.

Die Raststätte ist nur ein paar Kilometer von Rostock entfernt. Eigentlich wollte Mama gar nicht mehr anhalten, sondern erst tanken, wenn wir in der Stadt sind und Stella heil und pünktlich abgegeben haben. Aber als der Zeiger der Tankanzeige plötzlich auf *eiserner Reserve* stand, wurde es ihr doch zu heikel. Außerdem lagen wir gut in der Zeit, weil man in Mecklenburg-Vorpommern an diesem Samstagmittag offenbar nicht übermäßig viel Lust hat, Auto zu fahren, jedenfalls nicht auf der A 19 zwischen Waren und Rostock, soll heißen, kurz vor dem Ende der Welt, und so ist eine richtige Pause mit Pommes und allem, was dazugehört, daraus geworden.

»Komm, wir gehen nach draußen«, schlage ich vor, nachdem wir die letzten Ketchupreste aufgekratzt haben und Mama sich noch mal für einen Espresso angestellt hat, und deute zur Hintertür vom Selbstbedienungsrestaurant.

»Moment.« Stella nimmt mit ihren starken Armen das Tablett samt unseren Tellern, steuert damit den Geschirrständer an, schmeißt alle Servietten und Pappbecher in einen Mülleimer.

Ich schätze, ich würde mich jetzt schämen, hätte ich heute nicht auch schon mal ohne Aufforderung den Abfall weggebracht. So aber sag ich einfach nur Danke schön und freue mich, Stella noch ein paar Minuten für mich allein zu haben, bevor wir uns endgültig verabschieden müssen.

Denn das hat Mama mir gleich klargemacht: Hinweg ja, gar kein Problem, aber zurück nach Waren könnten wir sie auf keinen Fall bringen. Schließlich würden wir ja so etwas wie eine Rundreise machen, und ewig ginge die auch nicht mehr weiter, Sonntag sei die Woche nun mal zu Ende, und Sonntag sei zufällig schon *morgen*.

»Vielleicht kommen wir ja mal wieder bei euch in die Gegend«, sage ich, während wir uns durch die parkenden Autos zu dem kleinen Grünstreifen schlängeln, mit dem die Raststätte an ein Wäldchen grenzt, ich voran, Stella hinterher. »Nächsten Sommer oder so. Falls wir bei Kasse sind.«

»Das wäre toll.«

Wir setzen uns auf eine Holzbank. Von der Autobahn weht ein beharrliches Summen zu uns rüber, während in den Bäumen über uns lauthals die Vögel zwitschern.

»Mama und ich haben ja auch eure Nummer«, sage ich. Im nächsten Moment fällt mir Stellas Mutter und ihr Telefongekeife ein. »Hast du vielleicht auch eine Handynummer? Dann könnte ich dich direkt anrufen und müsste nicht immer erst –«

Kaum hab ich es ausgesprochen, bereue ich es schon. Aber Stella sieht nicht so aus, als würde sie mir irgendwas übel nehmen, vielleicht nicht mal ihrer Mutter, die erst rumspinnt und ihr dann Gummibärchen schenkt. »Leider nein«, sagt sie nur. »Hast *du* ein eigenes Handy?«

»Na ja … *ja*. Aber bloß ein altes für Notfälle. Eins zum Chatten und all das hab ich auch nicht. Ich …« Plötzlich kommt mir *der* Gedanke. »Schreibst du gerne Briefe?«

Stella guckt mich an. Wunderkerzengefunkel in ihren Augen. »Glaub schon. Ich hab mir noch nie mit jemandem geschrieben, aber –«

»Wollen *wir* beide uns schreiben? Wenn ich wieder zu Hause bin?«

Sie guckt und guckt, und ich gucke zurück, und wir lächeln, und damit ist es abgemacht.

»Mädels?«, ruft Mama da.

»Wir kommen!«, rufe ich.

17.

Er heißt Tobias und ist ganz anders, als ich mir jemanden vorgestellt hab, der schon mal wegen einer *dummen, kleinen Sache* im Gefängnis saß. Nämlich überhaupt nicht verbrecherisch. Man kann ihm auch nicht ansehen, dass er arbeitslos ist und Hartz IV bekommt, höchstens der Straße, in der er wohnt, und der Wohnung, die, soweit sie sich von der Tür aus beurteilen lässt, nicht gerade ein Palast ist, sondern eher … eine Bude.

Eine ganz gemütliche Bude allerdings.

Tobias selbst sieht total normal aus, nicht übermäßig hübsch, aber auch nicht hässlich, okaye Frisur, okaye Klamotten, ein schüchternes Lächeln, aber wenn er Stella ansieht, lachen seine Augen genauso wie ihre.

»Meine Tochter ist da«, sagt er. »Meine kleine Tochter ist da.«

Hier können wir sie lassen.

Hier gehört sie hin, genau wie in den Raum hinter Frau Moppels Empfangstresen, wo sie die beste Nichte der Welt ist, oder auf den Sandweg am Ufer der Müritz zwischen Bäumen und Wasser und tausend Flecken Licht oder, wer weiß, vielleicht sogar zu ihrer Mutter und ihren vielen Freunden, wenn sie nicht gerade Vollhonks sind.

Hier ist jedenfalls eine Stella-Gegend. Und das scheint auch Mama zu finden.

»Gut«, sagt sie ohne langes Drumherum. »Dann wollen wir mal weiter, Lisse und ich.«

»Ich … könnte noch einen Tee aufsetzen.« Tobias tritt von einem Fuß auf den anderen. »Und ich denke, ich hab auch noch ein paar Plätzchen da.«

Aber Mama winkt ab. »Danke, wir hatten gerade alles.«

Er nickt und sieht beinahe erleichtert aus.

»Auf Wiedersehen, Stella.« Mama gibt ihr die Hand. Kaum hat Stella sie genommen, sehe ich einen Geldschein von hier nach dort wandern. »Für die Rückfahrkarte. Halt deine Tante da mal raus«, flüstert Mama, bevor sie sich wieder zu Tobias umdreht. »Auf Wiedersehen, Herr Kaumanns.«

Einen Augenblick steht Stella verdattert da. Dann steckt sie den Schein in die Hosentasche und hebt den Kopf. Ihre Augen sind zum Glück genauso klar und freundlich, wie sie es sein sollen.

Ich sage: »Bis zum ersten Brief«, und strecke die Arme aus.

Sie sagt: »Bis zum zweiten«, und tritt einen Schritt auf mich zu.

Als wir uns umarmen, fühlt es sich an, als würden wir uns seit hundert Jahren kennen.

Im nächsten Moment spüre ich Mamas Hände auf meinen Schultern. Ein sanfter Druck, sie lenkt mich in Richtung Treppe, und während ich Tobias noch Tschüss-viel-Spaß zurufe, haben sich meine Füße schon in Bewegung gesetzt.

Wir finden ein Zweibettzimmer direkt in der Altstadt. Das Hotel heißt *Stadtperle*, und ein bisschen unangenehm ist mir schon, wie edel alles aussieht, mit dem schicken Rezeptionisten, der uns *die Damen* genannt hat, den Läufern in den Gängen, dem Parkettboden und dem Stuck an der Decke – vor allem wenn man bedenkt, wo wir gerade herkommen.

Obwohl Mama ja behauptet, es wäre kein Luxushotel, auch wenn alle so tun als ob, sondern einfach nur ein altes Haus, das würde immer was hermachen, selbst wenn es schon kurz davor ist zusammenzubrechen.

»Luxuriös ist höchstens die Lage«, sagt sie und lässt sich auf ihr Bett fallen. »Außerdem haben wir in den letzten beiden Nächte auf Isomatten geschlafen, da haben wir uns die viel zu weichen *Luxus*-matratzen wirklich verdient … Ich ruh mich mal kurz aus, okay? Danach gehen wir raus und gucken uns um.« Und ehe ich irgendwas dazu sagen kann, macht sie die Augen zu.

Also setze ich mich in die kleine Couchecke und blättere ein bisschen in den Hotelbroschüren.

Langweilig.

Den Fernseher kann ich nicht einschalten, ohne Mama zu wecken.

Doof.

Das Fenster zeigt nach hinten raus, wo niemand zu sehen ist.

Unspannend.

Ich sitze da, und plötzlich hab ich Heimweh.

Leise krame ich in meinem Rucksack nach dem *Saga*-Comic, den Jamal mir geschenkt hat und den ich, seit wir aufgebrochen sind, noch nicht mal aus der Folie gefummelt hab, aber dann fische ich stattdessen mein Handy und das Ladekabel heraus und ziehe mich ins Bad zurück.

Gegen Heimweh hilft nur eins: Kontakt zur Homebase.

»Hey, Lisse!«, sagt Jamal zur Begrüßung, und seine Stimme ist so vertraut, dass es mir sofort viel besser geht.

»Hey«, sage ich. »Liebe Grüße aus Rostock.«

»Liebe Grüße aus Hannover.«

Ich hocke mich auf die Badematte, horche seinen Worten nach. *Hannover.*

»Geht's dir gut?«, fragt er.

»Ja. Aber ich hab ein bisschen Sehnsucht.«

Pause.

»Mir geht's auch gut«, sagt er dann. »Und ich hab auch ein bisschen Sehnsucht. Aber wir sehen uns ja bald wieder.«

Ich lächle und fahre mit dem Fingernagel über den dicken Frotteestoff der Matte.

»Und was macht ihr Schönes in Rostock?«

»Mama schläft.«

Jamal lacht.

»Ich *schlafe* nicht!«, kommt es da aus dem Nebenzimmer. »Ich ruhe mich aus.«

»Was sagt sie?«

»Sie schläft doch nicht, sie ruht sich nur aus. Und jetzt …«, ich lausche, »… jetzt sagt sie, dass schlafen nämlich völlig unmöglich ist, wenn wir beide telefonieren und sie dadurch *auch* Sehnsucht bekommt.«

Er lacht wieder sein lautes, warmes Lachen. »Dann sollten wir wohl besser ein andermal weitersprechen.«

»Okay. Bis bald, Jamal.«

»Bis bald, Süße. Sag Solveig, sie soll mich auch mal anrufen, wenn sie sich fertig *ausgeruht* hat. Und sich bis dahin ruhig ein bisschen sehnen.«

Die Kirche heißt Sankt Marien. Sie ist unheimlich alt und unheimlich riesig und eigentlich auch ganz hübsch, aber was an ihr so toll sein soll, weiß ich nun auch wieder nicht. Ich schätze, es hat was mit der astronomischen Uhr zu tun, die, zugegeben, ziemlich cool aussieht, und dem Glockenspiel, das wir leider für heute verpasst haben. Aber Mama findet es sofort auf YouTube, und nachdem ich mir das Video angeguckt, brav ein paar Worte der Bewunderung gesagt und ihr das Smartphone zurückgegeben hab, finde ich, dass wir jetzt auch weitergehen können. Mir noch stundenlang irgendwelche Marienteppiche in Vitrinen angucken und warten, bis Mama alles fotografiert hat, muss ich echt nicht.

»Du bist mir eine«, sagt Mama und studiert den kleinen Innenstadtplan, den uns Herr Schick aus der Hotellobby mitgegeben hat. »Wie wär's denn mit dem Hausbaumhaus? Da gibt's eine Windenanlage aus dem Mittelalter.«

»Jooaaah …«

Mama verdreht die Augen. »Dann vielleicht der Stadthafen und die alten Speicher? – Dort kriegt man auch überall Kaffee und Kuchen.«

Das klingt schon besser.

»Und Postkarten?«, frage ich.

»Postkarten sicher auch.« Sie seufzt. »Na, dann komm, du Faulpelz! Rostock ist unsere letzte Station, die sollten wir nutzen.«

Liebe Fenja!
Guck mal, jetzt sind wir in Rostock. Hier gibt es jeden Sommer ein Rockfestival, aber dieses Jahr war's leider schon im Juli. Außerdem gibt es Kirchen und alte Häuser und Museen. Mama hat mich erpresst: Wenn ich gleich mit ihr in die Kunsthalle gehe, fahren wir heute Abend nach Warnemünde an den Strand.
Deine Lisse

»Von Erpressung kann keine Rede sein«, sagt Mama, nachdem ich ihr die Karte vorgelesen hab.

»Doch!« Ich spüle die Browniekrümel in meinem Mund mit viel Bionade runter, bevor ich die Briefmarke anlecke. »Strand ja, aber nur mit Museum, hallo?!«

Sie zieht eine Augenbraue hoch, versucht, erhaben auszusehen, muss aber lachen. »In dem Fall bist du auch eine Erpresserin. Hafen ja, aber nur mit Kuchen, Softdrink und Postkarten, *hallo*?!«

Okay, da hat sie recht. »Dann sind wir ja quitt«, sage ich.

»Das denke ich auch.« Sie schiebt sich die Gabel mit *ihrem* letzten Stück Brownie in den Mund. »Hauptsache, wir können uns irgendwie einigen.«

Liebe Hanna!
Winkewinke aus der Rostocker Kunsthalle. Wobei, mit Winken muss man vorsichtig sein, sonst kommt man noch irgendwo gegen und der Alarm wird ausgelöst. Und vielleicht wird es auch sonst unangenehm. Neben mir steht nämlich so ein Ding, das sieht aus wie ein Folterinstrument. Eigentlich ganz lustig.
Deine Lisse

»Wollen wir Jamal was mitbringen?«, frage ich im Museumsshop und nehme einen Buntstift aus einem Kästchen, der auf einer Seite eine neonpinke Spitze hat und auf der anderen eine neongrüne.

»So einen Klimbim?« Mama runzelt die Stirn. »Ich glaub, den braucht Jamal nicht. Der liegt dann nur bei uns rum beziehungsweise –«

»Aber die haben echt schöne Stifte und Radiergummis, guck doch mal.«

»Lisbeth Falke!« Ihre Hand, die sich mir um den Nacken legt. »Kann es sein, dass es hier gar nicht um Jamal geht? Sondern um etwas, das Jamal hinterher an dich weitergeben soll?«

Ich leiste keinen Widerstand, sondern wechsle einfach die Taktik. Frage, ob ich was kriege, zum Beispiel diesen sehr coolen Neonstift.

»Wenn's unbedingt sein muss …«

»Es muss«, sage ich erpresserisch. »Der Shop gehört nämlich zum Museum, und dazu hast du mich gezwungen.«

»Irgendwas läuft verkehrt in dieser Stadt«, stöhnt Mama, nimmt mir den Stift aus der Hand und reicht ihn der Kassiererin. »Dabei ist sie doch so schön.«

18.

Es dauert eine Weile, bis wir einen Parkplatz in Strandnähe gefunden haben. Dabei ist es schon fast halb sieben und noch immer kein richtiges Badewetter. Was ich schon beim Zwischenstopp im Hotel zugeben musste, als es darum ging, Badesachen, ja oder nein. Im Laufe des Nachmittags hat es sich sogar wieder zugezogen, zwar nicht auf die ganz unfreundliche Art, soll heißen, ohne akute Regengefahr, aber die Sonne zeigt sich eben auch nicht mehr. Und als ich am Parkscheinautomat lese, was wir hier sogar am Samstag für zwei, drei Stunden Strand blechen müssen, kann ich nicht anders als auszurechnen, wie viele Museumsstifte ich dafür noch hätte bekommen können.

»Ja ja«, sagt Mama und kramt in ihrem Portemonnaie nach Münzen, scheint aber nichts Brauchbares zu finden. »Mit dem Meer lassen sich prima Geschäfte machen, und alle spielen mit. Fast alle. Dein Vater hat es hier mal mit einem alten Kassenbon als Parkschein versucht. Bei Sonne und Hochbetrieb, wohlgemerkt.«

»Und, ist er erwischt worden?«

»Allerdings.« Mama knipst das Münzfach wieder zu, schiebt ihre EC-Karte in den Automaten und tippt die Geheimzahl ein. »Aber blechen wollte er trotzdem nicht, wovon auch. Gebühren waren gegen sein Prinzip. Dabei konnte er von Glück reden, dass seine Karre nicht abgeschleppt worden ist, während er fröhlich im Meer geplanscht hat. Denn *das* hätte er wirklich nicht bezahlen können.«

Ich horche auf. Irre Musik, ja, feiern gehen, ja. Aber von Geld war bislang nicht die Rede, und ich erkundige mich vorsichtig, ob Markus denn nicht genug verdient hat.

»›Nicht genug‹ ist gut!« Mama steckt ihre Karte zurück ins Portemonnaie, nimmt den Zettel, den der Automat ausgespuckt hat, winkt mich damit zurück zum Auto. »Er hat überhaupt nichts verdient, höchstens mal hier und da ein paar Scheinchen, wenn's ihm gerade in den Kram passte. Weißt du, Markus dachte allen Ernstes, man könnte sich mit Luft und Liebe durchs Leben mogeln. In puncto Geld war er völlig weltfremd. Hat kurz vorm Abi die Schule geschmissen, nur um nach Berlin zu gehen und *anders* zu leben. *Spontan*. Sprich: ohne Ausbildung, ohne Studium, ohne Beruf. Auch später, als ich ihn kennenlernte, hatte er nicht die geringste Absicht, irgendwas nachzuholen. Er glaubte, es würde ihn vom Eigentlichen abhalten. Und er kannte ja auch genug Leute, die ihm was ausgegeben haben.«

»Oh.«

»Genau: oh.« Mama öffnet die Fahrertür. Legt den Parkschein hinter die Scheibe, angelt die Provianttasche von der Rückbank und verriegelt den Smart.

Ich warte ab, ob noch was nachkommt, doch auf dem Weg zur Strandpromenade sagt sie gar nichts mehr. Erst als wir uns die Sandalen ausziehen und unsere Füße durch die bröckelige Kruste in den Sand einsinken, dreht sie sich überhaupt wieder zu mir um.

»Aber schön ist es hier, das muss man ihm lassen.« Sie atmet tief ein. »Markus hatte ein Gespür für besondere Orte.«

Und das stimmt. Strand. Ein breiter Sandstrand, am Anfang noch mit Gräsern bewachsen, in denen wild der Wind spielt, dann kommt nur noch Weiß – ein cremiges Weiß mit bunt gestreiften Strandkörben und in Handtücher gewickelten Leuten darauf -, danach Braun, wo der Sand immer nass ist, und ganz unten Grau in Blau die Ostsee. So schön, dass es in mir zu kribbeln beginnt.

»Ich muss da rein!«

Mama wirft mir einen irritierten Blick zu. »Du hast mir doch vorhin im Hotel gesagt –«

»Ich weiß, was ich gesagt hab. Ich muss da trotzdem rein … notfalls in Unterhose.«

»Sicher?«, hakt Mama nach. »Der Wind ist echt kühl.«

Ich *bin* mir sicher.

Es geht ja nicht darum zu schwimmen. Es geht darum, das Meer zu spüren. Dasselbe Meer, das auch Markus spürte, während eine fleißige Politesse seinen *Parkschein* genauer unter die Lupe genommen hat. Und obwohl er manchmal ein richtiger Blödmann war und ein Schnorrer dazu, ist das irgendwie eine gute Vorstellung: Markus, das Meer und ich. Schließlich macht jeder mal dumme Sachen, kleine oder größere, sogar ein Vater, und vielleicht muss man ihm das verzeihen. Meinem jedenfalls. Immerhin hat er dabei das *Eigentliche* gesucht, was auch immer das sein sollte, und jetzt ist er tot und findet gar nichts mehr.

Ich ziehe mein T-Shirt so tief über die Oberschenkel wie möglich, schlüpfe aus meiner Jeans und drücke sie Mama in die Hand. Als ich das T-Shirt loslasse, beginnt es sofort wieder zu flattern und gibt meinen Hintern frei, aber plötzlich ist es mir egal.

Sollen die Leute mir doch auf die Unterhose gucken. Ich schätze, so interessant ist das eh nicht, und falls doch, bitte sehr. Viel wichtiger ist jetzt, nichts auszulassen. Viel wichtiger ist zu tun, was zu tun ist, solange man am Leben ist.

»Spontan sein kann ich auch«, flüstere ich in Richtung Meer. »Glaub nicht, dass du da der Einzige bist.«

Im nächsten Moment renne ich schon.

Bis zur Mole wandern wir fast eine Stunde, und als wir schließlich bei der mintgrünen Leuchtbake ankommen, die am hintersten Zipfel die Grenze zwischen Strand und Hafeneinfahrt markiert, bin ich wieder aufgewärmt.

Außer uns hat sich um diese Uhrzeit nur noch ein älteres Ehepaar mit Outdoorhüten auf den Köpfen und Feldstechern auf den Bäuchen so weit rausgewagt. Sie gucken aufs Meer hinaus und suchen den Horizont nach Schiffen oder Sonnenuntergängen ab.

Ich gucke in dieselbe Richtung, aber da sind weder Schiffe noch die Sonne, und mit einem Mal merke ich, dass ich Kohldampf hab wie verrückt.

»Dann ist es ja gut, dass deine vorausschauende Mutter so viel Essen mitgeschleppt hat … von den Getränken ganz zu schweigen.« Mit einem kleinen Ächzen stellt Mama die Tasche auf einen der Steinblöcke, die die Mole in einer Art Wall einfassen.

»Mütter müssen das!« Ich sage es spitz, sage es fast so, wie Amelie es sagen würde, aber als Mama sich zu mir umdreht und gerade irgendeine Bemerkung zurückschießen will, schlinge ich blitzschnell die Arme um ihren Bauch. »Ich hab ja nur dich«, flüstere ich und lehne meinen Kopf an ihre Brust.

Sie steht ganz still. Nur ihr Brustkorb hebt und senkt sich. »Und Jamal«, entgegnet sie schließlich.

»Ja klar, nur … den hab ich bloß, weil *ihr* euch liebt. Aber stell dir mal vor, das würde irgendwann aufhören. Dann hätte ich ihn nicht mehr, er ist ja nicht mein Vater.«

Mama macht sich von meiner Umarmung los, tritt einen Schritt zurück, schaut mir ins Gesicht. »Natürlich hättest du ihn noch. Jamal würde dich doch nicht im Stich lassen. Du bist schließlich sein Beutekind, dem er schon im zarten Alter von sechs Monaten die vollgeschissenen Windeln gewechselt hat, wenn ich dich daran erinnern darf.«

Wie das denn gehen sollte, frage ich sie. Wenn sie mit mir von Jamal weggehen würde, irgendwohin, zum Beispiel zurück nach Berlin, zu ihren alten Freunden. Oder er von ihr, vielleicht zu einer anderen Frau. Und wenn sie dann gar nicht mehr *wollte*, dass er noch was mit mir zu tun hätte.

Ärgerlich schüttelt Mama den Kopf. »Wenn, wenn, wenn. Du konstruierst Fälle, dass sich die Balken biegen!« Ihr Blick, bevor sie sich wieder halb zu ihrer Tasche umdreht. »Jamal und ich sind heilfroh, dass wir uns haben, das weißt du ganz genau«, sagt sie noch, kneift dann die Lippen zusammen, hockt sich hin und beginnt energisch auszupacken, was wir fürs Abendbrot mitgebracht haben: ein Fischbrötchen für sie und ein Tomate-Mozzarella-Brötchen für mich, eine Tüte Tortilla-Chips, ein Glas Chili-Salsa und ein Töpfchen Guacamole, einen Becher Fertig-Obstsalat, ein Tütchen Biscotti und dazu Wasser, Saft und ein Bier.

Ich setze mich auf den Nachbarstein. Der Wind reißt an meinen Haaren, und obwohl alle Tropfen, die mir ins Gesicht sprühen, vom Meer geweht kommen, das sich in klatschenden Wellen an der Mole bricht, nehme ich sofort die Regenjacke, die Mama zuletzt aus der Tasche fischt. Einmal frieren am Tag genügt.

»Dann wollen wir mal.« Mama setzt sich mir gegenüber an unseren Felsentisch.

»Guten Appetit!«, kommt es zweistimmig von dem Ehepaar, das noch immer um die Bake schlendert, ab und zu durch die Ferngläser guckt und vermutlich hofft, dass die Sonne es doch noch mal durch die orange-graue Wolkendecke schafft, bevor sie für heute untergeht.

Mama macht die Bierflasche mit dem Öffner an ihrem Schlüsselbund auf und prostet Herrn und Frau Outdoorhut wortlos zu.

»Danke!«, rufe ich für uns beide, greife nach meiner Brötchentüte und schiebe den oberen Rand gerade so weit runter, dass mir eine Scheibe Mozzarella und ein Stück Brötchenkruste entgegenlugen. Ein Hauch von Basilikum mischt sich in die salzige Meeresluft, oder ich bilde ihn mir nur ein, weil ich an nichts anderes mehr denken kann als ans Essen. Aber in dem Moment, als ich das erste Mal abbeißen will und mein Mund schon fast *schmecken* kann, was er jetzt Leckeres bekommt, legt Mama eine Hand auf meinen Arm.

»Lisse?«

Erschrocken lasse ich das Brötchen sinken.

In ihren Augen steht das Wasser fast so hoch wie unten an der Mole. »Nur dass du's weißt!«, quetscht sie hervor. »Ich würde dir niemals Jamal wegnehmen. Und ihm niemals dich. Und jetzt hau rein!«

19.

Ich schwimme. Eigentlich wollte ich ja nur bis zur Hüfte ins Meer gehen, aber es ist ganz warm, ruhig und warm und so klar, dass ich bis auf den Grund sehen kann.

Um mich herum stehen Fische im Wasser, mit stummen Mäulern, die sich öffnen und schließen, öffnen und schließen, und mit Tastfäden an den Bäuchen. Fische mit weißen Augen auf schwarzer Schuppenhaut, Fische mit Stacheln, Fische mit riesigen Fächerflossen.

Manchmal streifen sie meine Beine, manchmal berühren ihre kreisrunden Schnuten meine Seite, aber es macht mir nichts aus, ich hab keine Angst. Auch vor dem Hummer, der blau-violett auf dem Sandboden kriecht und jede meiner Schwimmbewegungen in Sekundenschnelle aufholt, muss ich mich nicht fürchten, nicht vor seinen leuchtenden Antennen, die in meine Richtung wedeln, nicht vor den Scheren, die er leicht geöffnet vor sich herträgt.

Ich bin ja nicht allein.

Ich muss nur den Kopf heben, dann sehe ich die blonden Haare vor mir aus dem Wasser ragen, Markus' blonde Haare, und es fehlt nur noch ein kleines Stück, bis ich ihn eingeholt hab, meinen Vater, der den Hummer schon töten wird.

»Warte auf mich!«, rufe ich.

Doch er hört mich nicht, schwimmt mit langen Zügen weiter. Seine Füße werfen leichte Wellen auf, die übers Wasser wandern und mir ins Gesicht schwappen.

»Markus!«

Wieder eine Welle, diesmal größer. Ich kann gerade noch Luft holen, dann ist sie schon über mir.

Anschließend Stille. Nur ein leises Summen in meinen Ohren, während ich im Wasser liege und langsam nach unten sinke. Fische überall, an meinen Beinen, meinem Rücken, meinen Flanken. Und unter mir der Hummer, die Stielaugen zu mir aufgerichtet, während ich in Zeitlupe falle. Unsere Blicke treffen sich, er hebt eine Schere wie zum Gruß, und in plötzlicher Panik fällt mir ein, dass ich Luft brauche, unbedingt Luft.

Wild paddle ich mit den Füßen, trete die Fische beiseite und schwimme mit aller Kraft auf den hellen Sonnenfleck über mir zu, will atmen, darf aber nicht, diese Angst, dann noch ein Zug und noch einer, bis mein Gesicht durch die Wasseroberfläche bricht und ich nach Luft schnappe.

»Markus!«, rufe ich wieder.

Aber da ist niemand, da ist kein Vater, und mir ist, als wäre nie einer da gewesen. Da ist nur der Hummer, der sich an meiner Ferse festgekrallt hat, das Blut, das sich unter seinem Scherengriff in hellen Schlieren ins Wasser mischt, und die Panik, die in jedem Winkel meines Körpers wühlt. Ich drehe mich um mich selbst und suche nach dem Ufer, wo Mama auf mich wartet, doch auch das kann ich nicht finden, ich weiß nicht, wo es geblieben ist, höre Mama nur leise schluchzen, höre sie …

»Mama?«

Im ersten Moment bin ich mir nicht sicher, ob das Geräusch echt ist. Der Schlaf liegt noch auf meinen Gedanken, und mein Herz rast so, dass es in meinen Ohren rauscht. Außerdem ist da noch der Klang der Stadt, der Rostocker Klang, der ganz anders ist als der von Hannover, leiser zwar, aber dafür ungewohnt, fast wie im Traum.

Aber dann höre ich es wieder, ganz echt und ganz nah bei mir, und es besteht kein Zweifel mehr.

»Sorry, hab ich dich geweckt?«, schnieft Mama.

Sie versucht gar nicht erst zu verbergen, dass sie weint.

»Nee, ich hab nur blöd geträumt.« Ich setze mich im Bett auf, blinzle meine Augen wach.

Das Hotelzimmer ist düster, nur durch den Spalt zwischen den Vorhängen dringt ein bisschen Licht, und ganz allmählich werden wie Scherenschnitte die Möbel sichtbar. Drüben in Mamas Bett bewegt sich was, und im nächsten Augenblick höre ich ein Schnäuzen.

»Was hast du denn geträumt?«, fragt sie mich durch ihr Taschentuch.

»Dass du weinst.«

Wieder das schluchzende Geräusch. »Ach, das … ist schon vorbei. Tut mir leid, Lisse.«

Ich überlege. Dann stehe ich auf und tappe zu ihr rüber. »Rück mal!«

Mama rückt gehorsam. Ich krieche zu ihr unter die Decke, betaste ihr Gesicht. Es ist ganz nass.

»Und warum *hast* du geweint?«

Ein kleines Beben wandert durch ihren Körper, doch dann atmet sie ein paar Mal tief ein und aus, bis sie sich wieder gefasst hat.

»Sag ruhig, Mama! Das hilft.«

Sie legt einen Arm um mich und vergräbt ihre Hand in den Haaren an meinem Hinterkopf. »Na gut.« Ihre Stimme kippelt ein bisschen, hält aber diesmal. »Als wir heute am Strand waren, da …« Pause. »Okay, also … Ich hab ihn in Rostock verlassen. Markus. Und daran musste ich heute die ganze Zeit denken. Unser Ausflug ans Meer war damals das Letzte, das wir zusammen unternommen haben, nach drei Tagen planlosem Rumgeeier. Wir sind zwar noch gemeinsam in die Stadt zurückgefahren und haben geredet, weil Markus mich partout nicht gehen lassen wollte, aber es hatte keinen Sinn mehr für mich.«

»Warum nicht?«

Mama dreht eine meiner Haarsträhnen auf. »Meine Gefühle für ihn waren zu stark, um all das auszuhalten, was zwischen uns *nicht* funktionierte, weißt du? Wir wurden uns einfach nicht mehr einig. Ich wollte dies, er wollte das. Ich: was sehen, er: chillen, ich: Kultur, er: Spaß. Allem voran wollte er feiern, sprich, trinken, wieder und wieder trinken. Und ich hab gemerkt, dass ich ihn ständig davon abhalten wollte, indem ich ihn zu anderen Dingen gedrängt hab, zu Dingen, die gar nicht seine waren. Verstehst du, ich hab die ganze Zeit versucht, ihn zu *ändern,* und das war fatal. So was kann einfach nicht gut gehen, nicht mal in bester Absicht.«

Mamas Umriss, der sich schwarz-grau vor der Wand abhebt. Ihr Atem, der gegen mein Gesicht bläst.

»Und nachdem du ihm das gesagt hast, bist du gegangen?«

»Noch nicht ganz.« Sie lässt meine Haarsträhne locker, wickelt sie wieder um den Finger. »Gegangen bin ich, als er plötzlich vorschlug, seine Eltern zu besuchen, die irgendwo hier im Umland wohnten. Er wollte einfach nicht begreifen, dass es für mich aus war, glaubte vielmehr, dass wir so wieder zueinanderfinden. Hat mir alle möglichen Versprechungen gemacht, kein Alkohol, keine Party, nichts weiter als ein Besuch bei seinen Eltern. Da hab ich die totale Panik bekommen, weil ich wusste, wenn ich jetzt nicht gehe, sitze ich in der Falle. Dann bin ich sozusagen die Schwiegertochter, ob ich will oder nicht. Also hab ich den nächsten Zug nach Berlin genommen, fluchtartig …«, Mama hält inne, »und ohne mich richtig zu verabschieden. Markus hat in der Zeit danach immer wieder versucht, mich zu erreichen, aber ich hab mich nicht zurückgemeldet. Sechs Wochen später bin ich nach Hannover umgezogen und hab niemandem meine neue Adresse hinterlassen, nicht mal Rolf. Markus und ich haben uns nie wieder gesehen.«

Ich schweige und denke an das Gefühl, unter Wasser zu sein und keine Luft zu kriegen, denke an die Panik und an die Flucht. Dann stelle ich mir Markus vor, der wieder und wieder auf Mamas Anrufbeantworter spricht, *Solveig, komm bitte zurück!*, der wartet, hofft, bangt, bis es irgendwann heißt: *Kein Anschluss unter dieser Nummer*, und er aufgeben muss. Und obwohl ich es gerne würde, kann ich Mama nicht sagen, dass sie für ihren Teil alles richtig gemacht hat. Ehrlich gesagt war sie kein bisschen besser als Markus.

Sie scheint allerdings auch nicht zu erwarten, dass ich sie jetzt noch weiter tröste. Sie zieht nur ihren Finger aus meinen Haaren und gibt mir einen kleinen Knuff, der mich offenbar aus ihrem Bett befördern soll. Sagt: »Lass uns mal wieder schlafen«, und: »Wir haben ja nur noch morgen Vormittag, um unsere Reise ausklingen zu lassen«, und: »Danach müssen wir nach Hannover zurück.«

»Ist gut.« Ich berühre noch mal ihr Gesicht, das nun wieder einigermaßen trocken ist, taste mich zu meinem eigenen Bett zurück. Bloß noch eine letzte Sache.

»Du, Mama?«, sage ich, während ich meine zerknautschte Decke ausschüttle.

»Mhm?«

»Als du in den Zug gestiegen und von Markus weggefahren bist …«, ich drehe mein Kopfkissen auf die andere Seite und ziehe Frotteefant aus der Ritze zwischen Bett und Wand, »wusstest du da schon, dass du schwanger warst?«

»Nein … jein«, sagt Mama irgendwo in der Dunkelheit. »Ich hatte so ein Gefühl. Aber richtig wusste ich es erst ein paar Tage danach.«

Die ganze Zeit, während ich auf unserem *Stadtperlen*-Klo sitze, weiß ich, dass da irgendwas ist, auf das ich nur zu kommen brauche. Irgendwelche Gedanken, die zusammenfinden müssen, damit sie einen Sinn ergeben.

Um mich abzulenken, blättere ich in meinem Comic, den ich inzwischen immerhin ausgepackt hab, lese die eine oder andere Sprechblase und fahre mit dem Finger die Umrisse der Figuren nach. Die Bewegungen fühlen sich gar nicht so schwierig an, ich kriege fast Lust, es mit Stift und Papier zu versuchen, schlechte Zeichner-Gene hin oder her. Das Babymädchen *Hazel* mit seinen niedlichen kleinen Stummelhörnern auf dem Kopf könnte ich vielleicht hinkriegen. Oder die Lügenkatze mit dem grimmigen Blick. Und wenn wir wieder zu Hause sind, kann Jamal mir bestimmt zeigen –

Ich blicke auf. Die Gedankenzusammenfindung ist ganz nah, ist nur noch einen hauchfeinen Schleier von mir entfernt.

»Lisse?«, ruft Mama da durch die Tür. »Bist du bald fertig? Sonst geh ich schon mal in den Frühstücksraum runter.«

»Geh ruhig, ich komm gleich nach!«, rufe ich zurück. Wickle Klopapier um meine Hand. Werfe noch einen Blick auf *Alana*, Hazels geflügelte Mutter mit dem coolen Sidecut. Lege das Comicheft beiseite. Rupfe das Klopapier mit leichtem Ruck von der Rolle. Und weiß es plötzlich.

Ich weiß es, weiß es, weiß es.

20.

Der Frühstücksraum hat eine lila Zimmerdecke, an der ein Kronleuchter hängt, und im Licht der Energiesparlampe, die dick und rund in seiner Mitte baumelt, funkeln die vielen Glasplättchen um die Wette, genau wie die Gedanken in meinem Kopf.

»Wie, wir müssen noch weiterfahren?« Mama hebt ihre Kaffeetasse an die Lippen und trinkt einen Schluck, während sie mich einerseits verwirrt, andererseits misstrauisch ansieht.

Ich schätze mal, dass ich ein bisschen zu stürmisch mit allem rausgeplatzt bin und ein bisschen zu durcheinander und dass dabei nicht ganz rübergekommen ist, was ich von ihr will.

»Jamal erwartet uns heute Abend in Hannover, schon vergessen?«

»Ja ja, nein nein …« Ich setze mich mit einer Pobacke auf einen freien Stuhl, weil ich das Gefühl hab, alle anderen Hotelgäste gucken zu mir rüber und hören mir zu. Dann sage ich mit gedämpfter Stimme: »Wir müssen auch gar nicht mehr weit fahren. Glaub ich. Und auch nicht lang bleiben. Aber wir können wirklich nicht einfach so –«

»Hat das Ganze mit Stella zu tun?«

»Neiiin!« Es entfährt mir laut und ungeduldig, worauf es im Frühstücksraum ganz still wird, und ich will Mama gerade erklären, dass es um *Markus* geht, meinen Vater, und um mich, seine Tochter, und ein kleines bisschen vielleicht auch um sie, aber im selben Augenblick steht eine Kellnerin in weißer Bluse und schwarzer Weste am Tisch und will wissen, was sie mir zu trinken bringen darf.

Ich bestelle einen Kakao.

»Einmal heiße Schokolade, das Fräulein«, wiederholt Frau Weste so feierlich, dass ich auch noch um ein Haar kichern muss, dann dreht sie sich wieder um, und ich will gerade mit meinen Erläuterungen fortfahren, doch Mama meint, ich solle mir erst mal was vom Frühstücksbüffet holen und danach bitte noch mal *langsam* und *in Ruhe* von vorn anfangen.

Nun gut.

Ich stehe auf, eile durch die im Raum schwirrenden Blicke rüber zum Essenstisch mit dem lila Samttuch, nehme mir einen Teller, greife in den erstbesten Korb. Und über meinem Schokocroissant und meinem Kakao erkläre ich es Mama *in aller Ruhe* noch einmal.

Dass wir nicht einfach aus Rostock abreisen können, weil wir es sonst genauso bescheuert machen, wie sie es damals gemacht hat. Dass wir uns erst von Markus verabschieden müssen, und zwar genau so, wie es sich gehört, wenn man dreizehn Jahre zu spät damit ist. Soll heißen, würdig und respektvoll.

»Aha?«, sagt Mama. »Und wie soll das gehen? Meines Wissens ist er nämlich in der Zwischenzeit gestorben.«

Aber ich kann schon sehen, dass es in ihr arbeitet, kann sehen, wie die Funken jetzt auch bei ihr sprühen, und im Grunde muss ich ihr nur noch ein wenig auf die Sprünge helfen. »Man kann auch mit den Toten sprechen«, sage ich und beiße ein großes Stück Croissant ab.

»Du meinst, an besonderen Orten?«

»Mhmmmm.«

Mama nimmt ihr Kaffeekännchen und will sich nachgießen, aber es kommt nichts mehr raus. »Wie auf einem Friedhof?«

»Pfum Beifpiel.« Ich kaue und schlucke. Dass es eigentlich überall geht, erwähne ich lieber nicht. Eine angemessene Verabschiedung muss schon dort geschehen, wo man sich eben angemessen verabschiedet. »Das geht doch, oder, Mama? Benedikt Soundso hat ja gesagt, sie hätten die Asche in seinen *Heimatort* gebracht.«

»Und der ist hier irgendwo in der Nähe.«

»Genau.« Ich nicke eifrig. »Benedikt weiß bestimmt, wie er heißt.«

Mama holt Luft. »Okay, ich ruf ihn gleich an.« Hebt ihr Kännchen, gibt Frau Weste ein Zeichen. »Aber erst langen wir noch mal ordentlich zu. Und unter die Dusche stellst du dich vorher auch noch. Du trägst ja den Schmutz von Tagen mit dir rum, Frau Landstreicherin.«

Sie sagt es in normaler Lautstärke, und ich brauche gar nicht aufzusehen, um zu wissen, dass nun der gesamte Frühstücksraum nach Dreckkrusten an mir sucht und mich natürlich für ein Schmuddelkind hält, ohne zu bemerken, dass ich dafür die gepflegtesten Zähne der Welt hab. Aber na ja. Ich sehe diese Leute sowieso nie wieder. Und überhaupt, Mama hat ja recht: Zur Asche seines Vaters geht man nicht ungewaschen.

»Mach ich«, sage ich extra laut. »Und vollstopfen tu ich mich auch.« Dann haue ich meine Zähne in mein Schokocroissant, dass sie bestimmt richtig braun werden.

Nach dem Duschen werde ich nervös. So nervös, dass es in meinem Kopf ganz nebelig wird. Da hilft auch nicht, mir einzureden, ich wäre ein im Yogasitz meditierender Frosch oder ein Däumelinchen in einer Lotusblüte. Der Nebel wird nur dichter davon, und plötzlich geht gar nichts mehr.

Eigentlich soll ich ja schon mal meine Sachen zusammenpacken und mich startklar machen, während Mama mit ihrem Smartphone eine Runde ums Hotel dreht, mit Benedikt spricht und schnell noch das Nötigste für die Reise besorgt. Aber ich kriege es einfach nicht hin. Immer wenn ich was in die Hand nehme, um es wegzuräumen, kommt mir eine unheimliche Vorstellung, und wenn ich dann wieder auf das Ding blicke, weiß ich nicht mehr, was ich damit vorhatte.

Meine Zahnbürste? Wohin damit?

Die sandige Unterhose? Keine Ahnung.

Irgendwann gebe ich auf, knie mich vors Sofa, trommle ein bisschen auf den Polstern herum.

Pöff-bubu-pöff-bubu-pöff-pöff.

Die Asche von meinem Vater.

All seine blonden Haare, verbrannt.

Der verletzte, von Blut verklebte Körper. Vielleicht ein abgetrennter Arm. Seine Beine, seine Füße, seine Zehen. Die Ohren, mit denen er bestimmt gerade Musik gehört hat, als es geschah. Die Lippen, die lange Zeit vorher meine Mutter geküsst hatten. Seine Haut und seine Bartstoppeln. Sein Herz.

Alles Asche, nichts als Asche.

Die Asche von meinem Vater.

Pöff-bubu-pöff-bubu-pöff-pöff.

Und dann, plötzlich, hab ich mich wieder. Ich stecke die Zahnbürste in meinen Kulturbeutel und stopfe die Unterhose in die Wäschetüte. Noch meinen Schlafanzug, den Comic, das Handy. Denke im letzten Moment an Frotteefant und stopfe ihn in den Rucksack. Als Mama zurückkommt, schiebe ich gerade die Sticks hinterher.

»Können wir?«, fragt sie.

Ich werfe einen letzten Blick in unser unedles Edelzimmer. Schlüpfe dann in meine Sandalen und ziehe die Riemchen über die Fersen. »Von mir aus ja.«

Beim Beladen erzählt Mama mir, dass es sich gar nicht um einen Fried*hof* handele, sondern einen Fried*wald*. Das sei ein großer Unterschied, weshalb sie auch keine Blumen vom Supermarkt mitgebracht habe, die seien aber sowieso potthässlich gewesen. Und ich solle mir nicht allzu große Hoffnungen machen, möglicherweise würden wir gar keine Begräbnisstätte finden.

Ich krabble auf den Beifahrersitz. »Weiß man denn da nicht, wo einer liegt? Beziehungsweise die Asche von jemandem?«

»Da bin ich mir, ehrlich gesagt, nicht sicher. Ich kenne mich nur mit normalen Friedhöfen aus und das nicht mal sonderlich gut.« Mama schmeißt die Hintertür zu, geht ums Auto herum, setzt sich ans Steuer. »Benedikt konnte mir auch nichts dazu sagen. Nur das Dorf, aus dem Markus stammte, hat er mir genannt und den Namen von diesem Friedwald. Er liegt wohl gleich dahinter. Google doch unterwegs mal den *Ruheforst Rostocker Heide*.« Sie reicht mir ihr Smartphone. Dann programmiert sie das Navi und befestigt den Saugnapf an der Frontscheibe. »Fünfzehn Komma neun Kilometer, das geht ja.«

Ich schnalle mich an und Mama dreht den Zündschlüssel. Der Smart summt heiser, als sie ihn im Rückwärtsgang aus der Parklücke setzt, danach fällt er in sein gewohntes Brummen, und wir sind wieder auf der Straße.

Draußen ist der Sommer zurück, ein weicher, fast schon welker Augustsommer, der die Vormittagssonne golden durchs Seitenfenster scheinen lässt, und ich muss das Display mit der Hand abschirmen, weil es so spiegelt. Dann gehe ich ins Internet. Tippe ein paar Bilder an und überfliege einen Text.

»Die verwenden *biologisch abbaubare Urnen*. Und man kann ein Ruhebiotop für die ganze Familie erwerben. Für neunundneunzig Jahre.«

Mama sieht weiter nach vorne, aber ich merke, dass sie am liebsten mitgucken würde. »Klingt eigentlich ganz sympathisch«, sagt sie.

Im nächsten Moment fällt mir ein Satz ins Auge, und mich durchfährt eine Art Schlag. »Oooh.«

»Was hast du jetzt wieder gelesen?«

Ich lasse das Smartphone in meinen Schoß sinken, sehe zu, wie das Draußen sich verändert. Die Stadt wird allmählich lichter, die engen Altstadthäuser sind verschwunden, auf der rechten Seite tauchen schon Wiesen auf und die Bundestraße verwandelt sich wie von selbst in eine Allee. »Jeder Tote bekommt dort seinen speziellen Baum.«

Mama schweigt.

»Passt doch, oder? In gewisser Weise?« Ich blicke zu ihr rüber.

Sie lächelt und nickt. »Ja, das ist schön.« Bittet mich herauszufinden, ob die Bäume gekennzeichnet werden oder nicht.

»Manche ja, manche nein.«

»Okay. Dann bleibt uns nichts anderes übrig, als nachzuschauen.«

Ich reiche ihr das Smartphone zurück, und sie lässt es im Seitenfach verschwinden.

Eine Weile sitzen wir nur da, während an uns Felder und Dörfer vorbeiziehen, immer gleich, als würde es ewig so weitergehen. Aber das Navi verrät, dass wir schon ganz nah dran sind.

»Rövershagen!«, sagt Mama mit einem Mal und setzt – *Abbiegung links vor Ihnen* – den Blinker. »Hier kommt er her.«

Diesmal klebe ich fast an der Fensterscheibe. Ein *Penny*. Die Freiwillige Feuerwehr. Ein Stück entfernt ein alter Kirchturm. Wohnstraßen. Ein leeres Schulgelände.

Das also ist Markus' Heimatort. Ein kleines, verschlafenes Kaff nicht weit von der Ostsee. Und ich muss mich gar nicht umdrehen und zur Rückbank spähen, um zu spüren, dass er bei uns ist, mein Vater, der Typ aus Berlin, der so viele Leute kannte und alles anders machen wollte, als man es gewöhnlich tut. Der in die weite Welt gegangen ist, um nach dem Eigentlichen zu suchen, und trotzdem mit Mama hierherkommen wollte, damit sie wieder zueinanderfinden.

Noch ein Bauernhof. Dahinter hören die Häuser von Rövershagen schon auf, es folgt nur noch die Bahnlinie, und wir müssen auf einen Waldweg abbiegen.

»Du, Mama? Mach dir keine Sorgen. Wir werden seinen Baum finden.«

»Meinst du?« Mama reckt den Kopf. Dann fährt sie in einem holprigen Bogen auf einen Parkplatz, wo außer unserem Smart nur vier, fünf weitere Autos stehen, und schaltet den Motor aus.

»Wir müssen«, sage ich fest.

21.

Es ist tatsächlich ein Wald, ein ganz gewöhnlicher Spätsommerwald mit dunkelgrünen Baumkronen, durch die warm das Licht flutet und im Muster der Blattbewegungen über Wege und Sträucher huscht. Dazwischen Farne und Ranken und überall Laub, altes vom Vorjahr und vielleicht auch schon ein paar vertrocknete Blätter aus diesem Jahr, und wenn man nicht ganz genau hinguckt, kommt man gar nicht auf die Idee, dass sich auf diesem Stück Welt lauter tote Leute befinden.

Wo doch alles voller Leben ist.

Die Vögel singen in den Bäumen, die Mücken torkeln durch die einfallenden Sonnenstrahlen, im Unterholz rascheln die Mäuse, und es riecht ganz frisch und lebendig: nach Gras und Rinde und ein kleines bisschen vielleicht auch nach Meer.

Aber dann sind da natürlich die bunten Bänder, hier und da an die Bäume geknotet, und die winzigen Schildchen, die an die Stämme genagelt sind. Manchmal steht eine Nummer darauf, ab und zu auch ein Name.

Günther, lese ich. Ein Stück weiter: *J. Schumacher.* Und noch woanders: *Familie Schneider.*

Sonst gibt es keine Spuren, nichts, das irgendwas über die Leute verrät, die hier begraben sind, aber ich stelle mir einfach vor, *Familie Schneider* wäre – einer nach dem anderen – in die Buche eingezogen, die über ihren biologisch abbaubaren Urnen weit ausladend in Richtung Himmel wächst.

Geistig, sozusagen.

Jedes Familienmitglied hat einen Ast, in den es sich zurückziehen kann wie in ein eigenes Zimmer, aber im Stamm, da können sie sich treffen und für immer zusammenbleiben.

Ich stelle mir auch vor, wie *J. Schumacher* langsam von dem Moosteppich überzogen worden ist, der die Wurzeln seiner Erle und noch ein Stück weiter den Waldboden bedeckt, und wie er dabei auf geheimnisvolle Weise selbst zu einem Wurzelstrang geworden ist, der den Baum in der Erde festhält.

Und ich stelle mir vor, wie *Günther* die Gestalt seiner Kiefer angenommen hat und mit seinen langen, kralligen Zweigfingern …

Nein, das stelle ich mir lieber nicht vor. *Günther* wird schnell wieder körperlos und zieht als Erdgeist in eine gemütliche Höhle unter seinem Baum. Das ist besser.

Dann muss ich auf einmal an das Kind denken, das ich mal haben und mit dem ich aufs Land ziehen werde, vielleicht ganz in die Nähe von solch einem Wald, möglicherweise sogar von diesem, in dem man dann dumpf unsere Trommelschläge hören wird, nachts, wenn sonst nur noch der Wind rauscht und irgendwo ein Igel wühlt oder ein Käuzchen ruft.

Und ich denke, hier können alle zusammenkommen, die Menschen, die schon tot sind, die, die noch leben, und sogar die, die noch geboren werden. Hier macht es keinen Unterschied.

Denn dies ist ein besonderer Ort.

Allerdings ist er groß, dieser Ort, und es wachsen viele Bäume dort, *sehr* viele Bäume. Ich weiß nicht, wie lange Mama und ich schon rumwandern, auf den Wegen und im Unterholz, ich weiß auch nicht, wie viele Bäume wir schon abgeklappert und nach Schildern auf ihrer Rinde gesucht haben. Dreimal sind wir anderen Spaziergängern begegnet. Zuerst kam uns ein Mann mit Stöpseln im Ohr entgegen, der uns kaum gesehen und erst recht nicht gegrüßt hat, als Nächstes ein Mann ohne Stöpsel, der uns immerhin freundlich zugenickt hat. Und ein wenig später haben wir zwei alte Leute überholt, die zwar bestimmt nicht weniger fit waren als das Outdoorehepaar an der Mole gestern Abend, vor allem nicht die Frau, die erst ein paar graue Strähnen in den halblangen Haaren hatte und so ein hübsches, glattes Gesicht. Aber dafür waren sie irgendwie versunkener, wie aus einer anderen Welt.

Sonst sind wir allein auf unserer Suche, allein mit hundert und tausend Bäumen, und ich merke, dass ich immer schneller werde und immer ungeduldiger, ich eile von Stamm zu Stamm, während Mama allmählich langsamer wird. Irgendwann bleibt sie einfach auf dem Weg, den man eigentlich nur noch Pfad nennen kann, und behält eher mich im Auge als die Bäume rechts und links.

Und dann, unversehens, gelangen wir an einen kleinen, versteckten Strand, und vor uns liegt in Millionen von glitzernden Wasserkräuseln die Ostsee.

»Ich glaub, jetzt sind wir einmal schräg durch«, sagt Mama. »Zeit für ein Päuschen, würde ich sagen.«

»Wenn's sein muss.« Ich lausche auf das Rauschen, mit dem das Wasser sich wieder und wieder auf den Strand wirft und danach ein Stück zurückrutscht. »Aber nicht lang, ich will gleich weitersuchen.«

Es ist eher ein Kies- als ein Sandstrand, darum behalte ich die Sandalen an. Und weil ich, zugegeben, ein bisschen k.o. von der Wärme und dem vielen Rumgerenne bin, hocke ich mich hin, wo ich bin, stelle meinen Rucksack neben mir ab und sammle ein paar Muscheln auf.

»Trink mal was.« Mama reicht mir eine große Flasche Mineralwasser. »Du siehst total verschwitzt aus.«

Wasser, ja. Vorsichtig, damit der Sprudel nicht überschäumt, schraube ich den Deckel ab und sehe zu, wie eine Restschwade Kohlensäure aus der Flasche aufsteigt. Dann nehme ich einen ersten lauwarmen Schluck und kann danach gar nicht mehr aufhören zu trinken.

Mama setzt sich im Schneidersitz neben mich. »Hör mal, Lisse …«, sie wartet, bis ich die Flasche absetze, übernimmt, trinkt auch ein paar Schlucke. »Hier am Meer ist es doch nett, findest du nicht? Da könnten wir eigentlich auch jetzt und hier Abschied von Markus nehmen. Jeder für sich allein oder irgendwie zusammen. Und ich denke, dass es danach der richtige Zeitpunkt ist, um umzukehren und wieder nach Hause zu fahren. Wir haben noch über dreihundertfünfzig Kilometer vor uns.«

»Nein! Wir suchen erst seinen Baum!«

»Lisse …« Ein besänftigender Blick. »Du merkst doch, dass das nichts bringt.«

»*Mam-aaa*!« Ich blicke empört zurück. Nun sind wir so nah dran, und dann das. »Wir haben schon seinen Unfallbaum nicht gefunden. Wir müssen weitersuchen, bis wir diesen gefunden haben.«

Mama seufzt, greift nach dem Deckel in meiner Hand und schraubt die Mineralwasserflasche wieder zu. »Weißt du, was ich *muss,* Lisse? Ich muss arbeiten. Morgen früh. Und vorher muss ich noch irgendwie gedanklich umschalten, sonst pack ich das nicht. Verstehst du?«

Ich verstehe es nicht. Sage, dass sie in der Agentur nachfragen soll, ob sie ihr noch ein, zwei Tage freigeben.

»Das kann ich nicht machen. Ich hab schon die ganze Woche gefehlt.«

»Kannst du wohl! Schließlich ist mein Vater gestorben! Dein Ex-Freund, den du nie wiedergesehen hast. Das ist doch wohl unser gutes Recht.«

»Erzähl das mal meinem Chef … nachdem ich schon tagelang freihatte.«

»Das kann ich deinem Chef gerne erzählen! Als würde so eine popelige Woche reichen, wenn einer tot ist!«

Mama seufzt wieder. »Pass auf«, sagt sie dann. »Wir suchen noch eine Stunde weiter. Ich guck auf die Uhr, okay? Und wenn wir bis dahin immer noch nichts gefunden haben, brechen wir auf. Dann ist es, wie es ist, und wir haben es wenigstens versucht.« Sie sagt es ruhig und als wäre sie sich ihrer Sache sicher, aber ich merke, dass sie es gar nicht ist. Ihre Stimme klingt richtig traurig dabei, und es sieht so mühsam aus, wie sie sich wieder aufrappelt – Mama, die Joggerin mit den starken Beinen.

Und da, während sie langsam über den Strand zurückgeht und dabei ein paarmal stehen bleibt, um ein Foto zu machen oder um sich nach etwas zu bücken, krame ich unauffällig nach meinem Handy und schicke Jamal eine SMS.

Seh ich gar nicht ein, dass wir einfach aufgeben.

Kaum sind wir wieder im Wald, kommen uns zwei Frauen entgegen, Mädchen noch fast, eins mit rotbraunen Haaren, eins mit nur braunen, und sie sehen nicht so aus, als hätten sie vor, irgendwelche Toten zu besuchen, sondern eher, als wollten sie heimlich baden, wo Baden verboten ist, jedenfalls haben sie Handtücher dabei.

Ich frage sie trotzdem.

»Markus Lorenz?«, sagt die Rothaarige. »Keine Ahnung, kenn ich nicht. Du, Doreen?«

Doreen tut so, als müsste sie scharf nachdenken, aber dann zuckt sie auch nur ein bisschen blöde die Achseln. »Hab ich vielleicht schon mal gehört, aber –«

»Aus Gelbensande oder aus Wiethagen?« Wieder Miss Rothaar.

»Aus Berlin«, gebe ich ein bisschen patzig zurück. »Und aus Rövershagen.«

»Komm, Lisse«, flüstert Mama, doch ich bin sowieso schon wieder in Bewegung.

Das war wohl nix.

Umso mehr ärgere ich mich, dass ich nicht schon eher auf die Idee gekommen bin, Spaziergänger anzusprechen. Doch nun, wo es auf den Nachmittag zugeht, werden es ein paar mehr, und ich frage sie alle. Nur leider bringt es nicht viel. Eine ältere Frau hat von den *Lorenzens aus Rövershagen* gehört und weiß sogar, »dass ihnen der Sohn verunfallt ist«, aber mehr kann sie mir dazu nicht sagen.

Das macht mich wahnsinnig.

Schlimmer, ich spüre, dass Mama vielleicht recht hat, und da ist es auch egal, dass mein Handy schnurrt und endlich eine Antwort auf meine Nachricht reinschneit. Wie soll man mitten in einem Wald einen Baum finden, von dem man nicht mal weiß, was für einer es ist, geschweige denn, ob er auf irgendeine Weise markiert wurde? Da können wir auch gleich aufhören zu suchen und nach Hause fahren.

»Schau mal«, sagt Mama irgendwann und zeigt auf einen sonnenbeschienenen, mit Entengrütze bedeckten Tümpel, der durch die Sträucher schimmert. »Da hinten ist eine Lichtung oder so was. Dort setzen wir uns jetzt noch mal in aller Ruhe hin und verabschieden uns von Markus.«

Ich nicke nicht, ich mache ein grimmiges Gesicht, aber ich folge ihr doch auf den kleinen Seitenweg, der zu dem Tümpel führt. Was bleibt mir auch anderes übrig. Besser hier als nirgendwo. Besser jetzt als nie.

Erst, als ich schon nach Worten suche, die ich bei dieser feierlichen Gelegenheit zu meinem toten Vater sagen kann, entdecke ich die beiden Alten vom Hinweg, die am Rande der Lichtung auf einer Bank sitzen. Im selben Augenblick überlege ich es mir anders und laufe los.

»Ob wir Markus Lorenz kannten?« Die Frau sieht mir erschrocken ins Gesicht. Dann nehmen ihre Züge wieder diese geheimnisvolle Versunkenheit an, als würde sich hinter jedem ihrer Gedanken noch ein anderer Gedanke verbergen, und dafür, dass sie bestimmt schon fünfundsechzig ist, vielleicht sogar siebzig, ist sie wirklich unheimlich hübsch.

»Wir suchen seinen Baum«, erkläre ich. »Also, meine Mutter und ich.«

Der Blick der Frau bleibt noch einen Moment lang an mir hängen, bevor er weiter zu Mama wandert, die ein ganzes Stück entfernt stehen geblieben ist.

Da räuspert sich neben ihr der Mann. Es nützt nicht viel, als er anfängt zu reden, klingt seine Stimme rau und heiser, aber trotzdem hallt das, was er sagt, fast dröhnend in meinen Ohren.

»Dort kommen wir gerade her.«

22.

Wir hätten lange suchen können. Es ist eine Eiche, gut verborgen in einem abgelegenen Waldstück hinter der Lichtung, und sie hat nur ein rotes Band. Rot wie … alles Mögliche. Liebe und Blut und Teufel und Sünde, vielleicht auch wie Punk und ein Leben unterwegs.

Wir hätten sie niemals gefunden.

Und das Verrückte ist, jetzt, wo wir wissen, welcher Baum es ist, ist es gar nicht mehr wichtig. Jedenfalls nicht so sehr. Im Grunde macht es keinen Unterschied, ob Markus' Asche unter diesem Baum liegt oder jenem, genauso wie es keinen Unterschied macht, ob dieser oder jener Baum ihn getötet hat, irgendwo dort draußen auf der Straße.

Hauptsache, er ist wieder hier, in seinem Heimatort, und seine Eltern kommen ihn besuchen.

Denn dass es seine Eltern sind, mussten sie uns eigentlich gar nicht erklären. Zumindest mir war es von Anfang an klar, und spätestens, als wir bei der Eiche ankamen und Frau Lorenz eine Hand an den Stamm gelegt hat, ganz sanft, als wollte sie Markus über die blonden Haare streicheln, gab es keinen Zweifel mehr.

Trotzdem hat sie es gesagt. »Er war unser Sohn.«

»Er *ist* unser Sohn«, hat Herr Lorenz verbessert.

Seine Eltern!

Nur wer *wir* sind und was *wir* hier wollen, scheinen sie nicht zu wissen, und ich bin mir nicht sicher, ob ich es ihnen verraten soll oder nicht. Ob ich es überhaupt darf, und wenn ja, wie. Viel lieber würde ich irgendwas zu Markus sagen, »Da sind wir endlich!« oder so was, aber das geht natürlich nicht.

Nicht vor Publikum.

Schon gar nicht vor diesem.

Als Mama schließlich den Mund aufmacht, bin ich regelrecht erleichtert.

»Ich danke Ihnen«, bringt sie in diesem bestimmten Jetzt-sagen-wir-uns-auf-Wiedersehen-Ton hervor, mit dem sie auch anfängt zu sprechen, wenn Fenja und Hanna zu Besuch sind und wir uns, obwohl es schon eine halbe Stunde über der Zeit ist, an der Tür verquatschen. »Sehr nett, dass Sie uns gebracht haben.« Sie sieht zwischen den beiden hin und her.

Sie rühren sich nicht.

»Ja, also …«

»Und wie war Ihre Verbindung zu unserem Sohn?« Es ist Herr Lorenz, der fragt.

Mamas Gesicht, in das die Röte steigt. »Ich kannte Markus von früher. Solveig Falke heiße ich, und das hier -«

»Solveig!«, stößt Herr Lorenz hervor.

»- ist meine Tochter Lisbeth. Lisse.«

Stille. Nur der Wind in den Blättern und eine Amsel, die irgendwo in der Baumkrone ihr Lied singt.

»Sie sind das«, sagt Frau Lorenz schließlich. Für einen kurzen Moment hat ihr wieder der Schrecken im Gesicht gestanden, aber sie hat ihn sofort weggekämpft. »Und ein Kind haben Sie auch …«

Mama wird noch röter.

»Wir haben viel von Ihnen gehört«, sagt Herr Lorenz.

»Ach … tatsächlich?«

»Noch bei Markus' letztem Besuch. Er hat *immer* von Ihnen gesprochen, wenn er bei uns war. Er hat -«

»Hans-Jürgen!«, fährt Frau Lorenz mit einem entschuldigenden Lächeln in meine Richtung dazwischen.

Doch Herr Lorenz achtet nicht auf sie. »Er hat Sie geliebt, Solveig. Das sag ich mal ganz freiheraus, jetzt, da er tot ist und es nicht mehr selber sagen kann. Sie waren die Liebe seines Lebens, auch wenn leider nichts daraus geworden ist.«

Mama wendet den Blick ab. Das rote Band flattert. Ich wühle mit der Sandale im Laub.

»Ich glaube, wir lassen die zwei jetzt besser allein«, sagt Frau Lorenz da zu ihrem Mann. Und, an Mama gewandt: »Sie wollen sich ja bestimmt von ihm verabschieden.«

»Ja«, flüstert Mama, »danke noch mal«, und tastet mit der rechten Hand nach meiner linken.

Ohne dass es mir peinlich ist, gebe ich sie ihr.

Herr Lorenz lässt nicht locker. »Dürfen wir denn am Ententeich auf Sie warten? Dann können wir noch gemeinsam zum Parkplatz zurückgehen. Wissen Sie, es ist schön für uns, dass jemand an Markus denkt. Er ist unser einziges Kind. Und er hat selbst keine Familie hinterlassen, es kommt ihn hier oben also sonst keiner besuchen.«

Aber Mama kriegt kein Wort mehr heraus.

»Klar, wir kommen ja eh dort vorbei«, sage ich an ihrer Stelle. Und der Blick, den Frau Lorenz mir daraufhin zuwirft, ist traurig und unheimlich lieb.

Diesmal weint Mama ohne einen Laut. Kein Schluchzen, kein Schütteln, nichts. Sie steht nur wie angewurzelt da und hält sich an meiner Hand fest, während ihr die Tränen übers Gesicht laufen. Und plötzlich spüre ich, dass auch ich gleich heulen muss, wenn nicht sofort was passiert. Und ich schätze mal, das wird dann weniger leise.

»Du musst mit ihm *reden*, Mama«, flehe ich. »Dafür sind wir doch hier.«

Mama zieht die Nase hoch. »Ich weiß, mich hat das gerade nur …« Sie unterbricht sich, atmet ein und atmet aus. Lässt meine Hand los, streckt den Rücken durch, wischt sich über die Wangen. »Okay«, sagt sie dann und lächelt mich an.

Ich lächle zurück, aber ich kann kaum hingucken, so rot und verquollen sind ihre Augen.

Da allerdings geht sie ohnehin zwei Schritte auf die Eiche zu, sodass ich bloß noch ihren Rücken sehe, und legt eine Hand an die Rinde, genau wie Frau Lorenz es gemacht hat. »Hallo, Markus.« Ihre Stimme klingt ein bisschen näselnd, sie sucht in der Hosentasche nach einem Tempo, findet keins und zieht noch mal den Rotz hoch. »Erst mal … hallo. Wie gesagt. Und auf Wiedersehen. Das hätte ich dir längst sagen sollen, aber du weißt ja, wie es manchmal ist.« Einatmen und ausatmen, zweimal. »Also, es tut mir leid, dass wir so blöd auseinandergegangen sind. Das war meine Schuld. Und es tut mir leid, dass du nie darüber hinweggekommen bist. Wäre gut gewesen, wenn du diese ganze Liebe jemand anderem geschenkt hättest, der besser damit umgegangen wäre. Ich hoffe jedenfalls, du hast jetzt Ruhe von all dem.« Dann zieht sie ihre Hand zurück, greift noch mal in die Hosentasche und legt etwas in eine grasbewachsene Vertiefung zwischen zwei Wurzeln. Es ist ein Stück Bernstein, nicht besonders glatt und auch eher braun als gelb, aber trotzdem schön.

»Und jetzt kommt Lisse«, sagt sie dann. »Lisbeth, unsere Tochter. Sie ist ziemlich großartig, übrigens.«

»Wir kennen uns ja allmählich.« Ich lege die Arme um den Baumstamm, so weit sie eben reichen, schließe die Augen und stelle mir vor, ich würde meinen Vater umarmen. Er fühlt sich haargenauso an wie Jamal, an einigen Stellen fest, an anderen Stellen weich und mit diesem starken, warmen Herzschlag in der Brust, aber das macht hoffentlich nichts. Geister müssen sich eben andere Körper ausleihen, wenn sie mit ihrer *großartigen* Tochter kuscheln wollen. Denn als Bäume sind sie doch etwas hart.

Hinterher setze ich meinen Rucksack ab, krame darin nach den Muscheln, die ich am Strand gesammelt hab, und lege ein Muster rund um den Bernstein.

»Wie hübsch«, sagt Mama.

Ich reagiere nicht, hocke nur da und denke nach. Denke an das, was vorbei ist, und das, was mal kommt, und die Zeit, die einfach immer weitergeht. Dann ziehe ich Frotteefant aus meinem Rucksack und lehne ihn an den Stamm. Einen Moment noch bleibe ich, wo ich bin, gucke an der Eiche hoch, betrachte ihre gefurchte Rinde, die Blätter, die wie tausend kleine Hände zu mir runterwinken, und die leuchtenden Stückchen Himmel, die blau dazwischen hervorlugen.

»Mach's gut, Papa«, flüstere ich.

Und stehe wieder auf.

»Das finde ich wirklich nett von dir, dass du deine Mutter zum Friedwald begleitet hast«, sagt Frau Lorenz.

Oder besser, *Erika*. Zumindest hat *Hans-Jürgen* das zu ihr gesagt, als wir gemeinsam aufgebrochen sind: »Komm, Erika, dann wollen wir mal für heute.«

Irgendwie hat es sich allerdings ergeben, dass er auf dem Hauptweg gar nicht neben ihr, sondern neben Mama gelandet ist, auch wenn die nicht besonders glücklich darüber ausgesehen hat, und ich dafür ein paar Schritte weiter hinten neben seiner Frau.

Vielleicht wollte Hans-Jürgen ja noch mehr Geschichten von Markus und *seiner großen Liebe* erzählen. Vielleicht war es aber auch Erika, die es darauf angelegt hat, sich mit mir zu unterhalten. Denn das scheint sie zu mögen, diese hübsche alte Frau. Neben einem Kind durch die Natur zu spazieren, sich mit ihm zu unterhalten und dabei lauter liebe Sachen zu sagen. Zum Beispiel: »Ohne dich hätte deine Mutter Markus' Ruhestätte ja gar nicht entdeckt.«

»Und ohne Sie«, sage ich. Schließlich habe *sie* sie uns gezeigt. Sie und ihr Mann. Und es sei wirklich Zufall, dass sie beide heute auch hier waren.

»So ein Zufall nun auch wieder nicht.« Erika lässt ihren Blick ins Unterholz schweifen. »Wir kommen so oft wie möglich her – am Wochenende sowieso.«

Ich muss daran denken, dass sie seine Mutter war. Eine richtige, echte Mutter, so wie Mama meine. Eine Mutter, die ihn bestimmt schrecklich lieb gehabt hat. Ich denke daran, dass er weggegangen ist, noch bevor er sein Abi in der Tasche hatte, in eine andere Stadt und eine andere Welt, dass er trank und feierte, irgendwo abhing und auf Kosten anderer lebte, dass er tausend Leute kannte und jede Menge Freundinnen hatte und dass er trotzdem immer wieder *nach Hause* gefahren ist. Zurück zu seinen Eltern.

Und ich denke daran, dass sie jetzt keinen Sohn mehr haben, geschweige denn einen Sohn-mit-Familie, soll heißen, mit Schwiegertochter und Enkelkindern und –

Nein, das denke ich lieber nicht. Mir wird nur schwummrig davon, und mein Herz fängt an zu holpern. Aber der Gedanke ist ja längst da, im Grunde schon, seit wir uns begegnet sind. Erst leise, dann immer lauter, und nun wummert er in meinem Kopf, als würde es Zeit, ihn laut herauszurufen.

Sie haben ja ein Enkelkind!

»Von wo seid ihr eigentlich hergekommen?«, dringt Erikas Stimme wie durch einen Watteschicht zu mir durch.

»Aus Hannover«, höre ich mich sagen.

Mama redet mit Hans-Jürgen, ich weiß nicht, worüber, weiß nicht, ob sie es ihm verrät oder nicht, weiß es wohl, weiß, dass sie noch zögert, aber nicht, warum.

Erika, die sagt: »Da hattet ihr aber einen weiten Weg.«

Ich, die entgegnet: »Wir sind schon länger unterwegs, meine Mutter und ich. Zuletzt waren wir in Rostock.«

»Und dein Vater ist zu Hause geblieben?«

Herz, holper.

»Nein, mein *Stief*vater.« Ich muss die Worte richtig hervorquetschen. »Mein richtiger Vater ist leider …«

Holper, holper, holper.

»Du brauchst mir das nicht zu erzählen«, sagt sie da. »Ich hätte dich das nicht fragen sollen, tut mir leid.«

Aber nun habe ich angesetzt, nun kann ich nicht mehr zurück. Das Problem ist bloß, weiter komme ich irgendwie auch nicht. »Na ja, er ist, also, Sie wissen …« Ich schiele zu ihr rüber. »Du weißt schon.«

Sie guckt zurück, und mit einem Mal ist wieder dieser erschrockene Ausdruck in ihrem Gesicht, nur dass sie ihn diesmal nicht wieder los wird. Sie schwankt sogar ein wenig, dabei ist sie echt gut zu Fuß. »Hans-Jürgen?«

Er dreht sich um und mit ihm Mama.

»Scheiße!«, entfährt es ihr.

Dann sagt erst mal keiner mehr was.

23.

Keine Ahnung, wie lange sich alles außerhalb von mir abgespielt hat – Minuten, Stunden, Tage? Ich weiß auch nicht, was es bedeuten sollte, das Schweigen und das Durcheinanderreden. Die aufgeregten Stimmen.

Ich könnte nicht mal sagen, wie wir zum Auto gekommen sind, denn die ganze Zeit war da diese Watte – in meinen Ohren, unter den Fußsohlen und um meine Gedanken gewickelt, als wäre ich gar nicht richtig dabei gewesen. Als wäre meine eigene Welt einen winzigen Millimeter von der Welt der anderen versetzt worden, weggerückt von dem ganzen Komplizierten, sodass ich zwar alles gesehen und gehört hab, Münder, die sich bewegt und irgendwelche Wörter hervorgebracht haben, aber trotzdem für mich allein war.

Allein mit den Vögeln, die die ganze Zeit gesungen haben. Und mit dem Sommer, der noch mal alles gegeben hat, Wind und Wärme, Federwolken am knallblauen Nachmittagshimmel und dieses Licht zwischen den Bäumen, das man am liebsten in kleine Fläschchen füllen und sich für all die grauen Tage aufheben möchte, wenn es Herbst ist und wieder jeden Tag Schule.

Aber nun sitze ich mit Mama im Smart, wir fahren hinter dem silbergrauen Opel meiner Großeltern her in Richtung Rövershagen, zur offiziellen Aussprache. Und nun hab ich das Gefühl, mehr als dabei zu sein.

»Du wolltest nicht, dass ich es sage, oder?« Ich stelle die Frage, ohne Mama anzusehen.

Es dauert einen Augenblick, ehe sie antwortet, und dann spricht sie mit einer solchen Pressstimme, als müsste sie die ganze Zeit Ärger runterschlucken.

»Es ließ sich sowieso nicht vermeiden, also mach dir keine Gedanken. Früher oder später wären sie von selbst drauf gekommen.«

Sie macht eine Pause und ich mir sehr wohl Gedanken.

»Es ist ein Wunder, dass sie nicht sofort geschaltet haben, dass du sein Kind bist«, sagt sie dann. »So ähnlich, wie du ihm siehst. Da ist es wohl besser, wie es ist.«

»Aber du wolltest nicht, dass sie es wissen! Du wolltest es einfach geheim halten, oder etwa nicht? Damit ich keinen Kontakt zu ihnen hab, genau wie zu meinen anderen Großeltern!«

Mama zögert. Sagt, doch ... nein ... und dass sie es nicht wisse.

Das Ortsschild kommt näher, sie schaltet einen Gang runter. »Ich hätte lieber erst mal in Ruhe darüber nachgedacht, ob sie es erfahren sollen oder nicht. Und *wenn*, dann hätte ich gerne einen besseren Zeitpunkt erwischt, um ihnen etwas so Wichtiges zu sagen. Ohne Hetze und alles. Mir sitzt die ganze Zeit die Rückfahrt im Nacken.«

Vor uns biegt Hans-Jürgen in eine kleine Straße ein, und sie setzt den Blinker, um ihm zu folgen.

»Du, Mama?« Nun wage ich doch einen Blick zur Seite. »Hetzen müssen wir uns aber nicht.«

Mama guckt zurück und sieht tatsächlich ganz schön stinkig aus. »Ich brauche dir hoffentlich nicht noch mal zu erklären, dass ich morgen arbeiten muss?«

Ich sage, nein, das müsse sie nicht.

»Gut.« Langsam lässt sie den Smart auf den Parkstreifen rollen und zieht, als er steht, die Handbremse an. »Also halten wir die Sache so kurz wie möglich.«

Ich sage, nein, sie müsse nicht *arbeiten*.

»Lis-se!«, ruft Mama. »Jetzt lass doch wenigstens diese Tour! Das stresst mich nur noch mehr.«

Aber da hab ich mich schon abgeschnallt und mein Handy aus der Hosentasche gefriemelt, um ihr die Nachricht zu zeigen. »Hier, bitte sehr. Du hast morgen noch frei und übermorgen einen Homeoffice-Tag, um langsam wieder reinzukommen. Hat Jamal für dich organisiert.«

»Ich hab das einfach nicht für möglich gehalten«, sagt Erika, als wir alle um den runden Holztisch sitzen. »Dass jemand so etwas fertigbringt!«

Hans-Jürgen hat uns durch ein kleines Holztor in Lorenz' Garten eingelassen, während Erika die Haustür genommen hat, um in dem grauen, spitzdachigen Haus alles vorzubereiten, und zehn Minuten später mit einem Tablett in den Garten nachgekommen ist. Denn die *Aussprache* findet bei Tee und Butterplätzchen auf der Terrasse statt, was vermutlich keine schlechte Idee ist. Ein Garten ist ja mehr als ein Café, ich meine, persönlicher. Er ist aber nicht so persönlich wie ein Haus, in dem alle privaten Sachen sind, die einen nichts angehen, solange man sich noch nicht kennt und auch nicht weiß, ob man miteinander auskommt. Und so ganz klar ist die Sache nicht, jedenfalls, was Mama und Erika betrifft. So lieb meine Großmutter auch zu mir ist, und obwohl sie extra, weil mir Grüner Tee zu bitter ist, noch eine Flasche Holunderblütensirup geholt hat, um ihn mir in einen *Hollerpunsch* zu verwandeln – was Mama betrifft, ist sie reichlich aufgebracht.

»Es ist ja nicht so, als hätte ich mir nicht selbst schon meine Gedanken gemacht«, sagt sie. »Die Haare. Und diese Nase!« Sie betrachtet mich mit einem Prüfblick. »Aber dann hab ich mir gedacht, nein, blonde Menschen gibt es viele, das bildest du dir nur ein. Keine Frau verschweigt einem Mann sein Kind, nachdem er so was zu ihr gesagt hat.«

Was *so was* ist, kann ich mir nicht zusammenreimen, und ich gucke fragend zu Mama rüber, aber die hebt nur ihre Teetasse vors Gesicht und verschwindet hinter den Dampfschwaden.

»Jetzt hör dir doch erst mal an, was Solveig dazu zu sagen hat, Erika«, sagt Hans-Jürgen. »Er war ja nun wirklich kein Engel, unser Markus.«

»Keiner leugnet, dass er schwierig war.« Erika schließt die Augen, als könnte sie dahinter etwas sehen, das sonst unsichtbar ist. »Aber er war auch kein schlechter Mensch. Und er wäre ein leidenschaftlicher Vater gewesen.« Sie klappt die Lider wieder auf. »Ich möchte, dass du das weißt, Lisse. Und du auch, Solveig. Markus hätte sein Kind geliebt.«

»Das weiß ich doch«, kommt es da hinter Mamas Teetasse hervor. »Das hab ich immer gewusst.«

Stille. Nur das leise Klirren, als sie die Tasse abstellt. »Ich war mir allerdings nicht sicher, ob es so gut wäre, wenn sein Kind *ihn* lieben würde – einen, der trinkt.«

Meine Großmutter wird erst bleich und dann rot, ihr hübsches Gesicht kriegt hässliche Flecken, und ich wünsche mir fast, dass Mama damit aufhört. Dass sie nichts sagt, was alle noch mehr aufregt. Was sie verletzt und ihnen wehtut und dann zwischen uns steht.

Aber nun ist sie richtig in Fahrt, und es scheint ihr ganz egal zu sein, was andere von ihr hören wollen und was nicht. »Ich wollte nicht, dass mein Kind dasselbe erlebt wie ich«, sagt sie. »Dass es ein kleines, unglückliches Alkoholikerkind wird.«

»Mama!« Erschrocken starre ich zu ihr rüber. Und da kann ich sehen, wie weh es ihr selbst tut. Jedes Wort und jeder Gedanke ein

Schlag gegen den Kopf, aber trotzdem muss sie sie rauslassen, sie drängen mit aller Kraft ans Tageslicht.

»*Mein* Vater hat mich auch geliebt«, sagt sie. »Und ich ihn. Trotzdem hab ich mich jedes Mal unterm Bett versteckt, wenn er getrunken hat und ein anderer wurde. Einer, der pöbelte und sich gehen ließ. Ich hab auch meine Mutter geliebt, die schwieg und alles geschehen ließ, um des lieben Familienfriedens willen.«

Das Geräusch, als sie scharf die Luft einsaugt.

»Es hat ewig gedauert, bis ich davon los war. Von meinen Eltern. Von dieser ganzen giftigen Liebe. Und bis ich in der Lage war, mal ganz normal ein Glas Wein zu trinken oder gar in einer Bar zu jobben. Eigentlich meine ganze Studienzeit. Und dann war ich plötzlich schwanger … von einem Alkoholiker. Ich wollte Lisse das ersparen, versteht ihr? Angst vor ihrem eigenen Vater. Das Geschrei, wenn ihm einer in die Quere kommt. Zerschmissene Gläser. Pisse auf dem Boden. Diesen Gestank nach –«

»Ma-maaa!«, rufe ich wieder.

Sie bricht ab, reibt sich die Schläfen, atmet tief durch.

»Entschuldigung«, sagt sie dann und wirft einen Blick in die Runde. »Seid jedenfalls versichert, dass mir die Entscheidung nicht leichtgefallen ist. Von der Einsamkeit, die sie mit sich gebracht hat, ganz zu schweigen.«

»Solveig!« Erika legt eine Hand auf Mamas Arm. Ihr Gesicht ist immer noch fleckig, aber der Ärger ist daraus verschwunden. Stattdessen ist es voller Gefühl.

Nur Mama sieht plötzlich wieder verschlossen aus und so müde, als könnte sie im Sitzen einschlafen.

Mama, liebe Mama!

Sie rappelt sich von ihrem Gartenstuhl auf, sagt, dass sie jetzt gern aufbrechen und uns im Ort ein Zimmer suchen möchte. Und dass wir morgen vor unserer Abfahrt noch mal vorbeischauen könnten, falls Lisse … falls *ich* das gerne wolle.

»Wir würden uns freuen«, sagt Hans-Jürgen mit seiner heiseren Stimme.

Drei Augenpaare richten sich auf mich, und ich beeile mich zu nicken. Dann greife ich nach meiner Tasse und trinke den lauwarm gewordenen Hollerpunsch aus.

»Aber suchen müsst ihr nicht«, sagt Erika. »Und für ein Zimmer bezahlen erst recht nicht. Ich hab zwanzig Jahre eine Pension geleitet, gleich neben der Kirche, das ist für mich bloß ein Anruf. Und zum Frühstück kommt ihr einfach zu uns, das ist dort heutzutage nicht mehr gut.« Dann drückt sie die Terrassentür auf und winkt uns hinter sich her.

Hinaus geht es wohl durchs Haus.

Später ist mit Mama nicht mehr viel anzufangen. Kaum haben wir unser winziges Gästezimmer bezogen, breitet sie sich auf einer Doppelbetthälfte aus, erklärt, sie habe Kopfweh, und kommt gar nicht auf die Idee zu fragen, was wir mit dem Rest des Tages anfangen wollen.

Da hätte ich theoretisch auch noch zwei, drei Stunden länger bei meinen Großeltern bleiben können, statt in einer Herberge rumzuhängen oder wahlweise die bemerkenswerte *Rövershagener Dorfkirche* zu besichtigen. Wo ich das allererste Mal bei ihnen war, nach zwölf langen Jahren.

Aber ich will mich nicht beschweren. Nicht nach dem, was Mama eben erzählt hat. Nicht nach dem, woran sie sich wohl oder übel erinnern musste, um sich zu verteidigen.

Und immerhin hab ich uns hierher gelotst, zumindest indirekt. Wenn es nach ihr gegangen wäre, wären wir schon längst wieder in Hannover.

Außerdem, so richtig ist mir heute auch nicht nach mehr. Es ist sowieso unglaublich, was seit dem Morgen alles passiert ist. Schönes und Schreckliches und Sonderbares. Und rumgelaufen bin ich mehr als genug. Also packe ich nur noch ein paar brauchbare Sachen aus meinem Rucksack, deponiere sie griffbereit auf der Fensterbank, und nachdem ich mich in den ledernen Drehsessel fallen gelassen hab, melden meine Beine einen Generalstreik an.

Da bleibe ich eben bis zum Schlafengehen hier sitzen, lese endlich meinen Comic zu Ende und denke an nichts anderes als an Weltraumreisen, Feindschaft und Liebe.

Bloß zwei Dinge muss ich noch klären, ehe Mama nicht mehr ansprechbar ist, in all ihren Sachen einschläft und womöglich bis morgen früh nicht mehr wach wird. Zwei klitzekleine Dinge.

»Du-u?«

»Mmmmh?«, kommt es aus dem Bett.

»Was hat er zu dir gesagt?«

»Was? Wer?« Mama richtet ächzend den Oberkörper auf und stützt sich auf einen Ellenbogen. »Hans-Jürgen?«

»Nein, Markus.«

»Wann?«

»Weiß ich nicht.«

Sie seufzt. »Wenn du was wissen willst, dann frag ein bisschen genauer! Mir dröhnt nämlich *wirklich* der Kopf.«

»Okay.« Jetzt Konzentration. »Erika meinte, keine Frau würde einem Mann verheimlichen, dass er der Vater von ihrem Kind ist, nachdem er ihr *so was* gesagt hat. Was – so was?«

Ich hab noch nicht zu Ende gesprochen, da setzt Mama sich mit einem Ruck im Bett auf, und man kann richtig sehen, wie ihr dabei eine Schmerzwelle durch den Schädel schwappt. Offenbar hab ich voll ins Schwarze getroffen.

»Lisse«, sagt sie und guckt mit trüben Kopfwehaugen zu mir rüber, »ich … hab dir was verschwiegen.«

Oh.

»Ich Feigling hatte solche Sorge, dass du mir das übel nimmst. *Richtig* übel, so wie Erika es getan hat. Aber jetzt hast du ohnehin so viel zu Ohren gekriegt, also – wenn du sauer bist, ist das in Ordnung, hörst du?«

O-oh.

Das klingt nicht gerade nach Schluss-für-heute-mit-mehr. Aber jetzt ist die Frage raus, und ich muss mir die Antwort wohl oder übel anhören. Und zwar komplett, denn halbe Sachen scheint Mama heute nicht zu machen.

»Damals in Rostock«, sagt sie, »als ich Markus verlassen wollte, da hat er mich nicht nur angefleht, mit ihm zu seinen Eltern zu fahren.«

»Was denn noch?«

»Er hat auch gesagt, dass er alles für mich tun würde … dass er ein neues Leben beginnen und ein Kind mit mir haben wolle. Verstehst du, er wollte ein Kind! Offenbar so sehr, dass er irgendwann sogar seinen Eltern davon erzählt hat, stell dir das mal vor! Aber ich hab ihm trotzdem nichts gesagt, als ich gemerkt hab, dass ich schwanger bin. Ich hatte einfach kein Vertrauen. Dabei hätte er es vielleicht gut gemacht, wenn ich ihm nur die Möglichkeit gegeben hätte, sich auch um dich zu kümmern. Besser als mein Vater mit mir. Markus war ganz anders als er, viel sanfter. Vielleicht hätte er sogar aufgehört zu trinken, man weiß es nicht.«

Ich schweige. Was soll man darauf erwidern? Außerdem, sprechen kann ich sowieso nicht. Mein Hals ist verkloßt.

»Es tut mir leid, Lisse. Für euch beide. Und für Markus' Eltern, die dadurch so viel verpasst haben.«

Mir fällt einfach nichts ein. Wo mir ja nie was gefehlt hat. Und wo es trotzdem so vieles gab, das es nicht gab. Ich sammle Spucke, schlucke, würge den Kloß im Hals runter.

»Ich hab noch eine allerletzte Frage.«

Mama atmet langsam ein. »Ja?«

»Was kriege ich heute Warmes zu essen?«

Sie lässt die Luft genauso langsam wieder rauszischen und sich dabei zurück aufs Bett sinken. »Da lag irgendwo ein Flyer vom Pizzataxi rum. Bestell dir was Leckeres. Mein Portemonnaie ist in meiner Tasche.«

Damit ist alles geregelt. »Dann kannst du jetzt schlafen«, sage ich und kuschle mich im Sessel zurecht. Pizza und Comic. Das ist für den Rest dieses verrückten Tages bestimmt nicht verkehrt.

24.

»He, Lisse!« Nachdem ich mein zweites Brötchen aufgegessen und meinen Orangensaft ausgetrunken hab, beugt Hans-Jürgen sich über den Tisch. »Wollen wir mal ein bisschen gucken?«, fragt er.

Insgeheim hab ich die ganze Zeit darauf gewartet. Natürlich ist es schön, mit Mama und meinen Großeltern in diesem altmodischen Wohnzimmer zu sitzen, *original DDR,* wie Erika betont hat, *da würde man sich heute schon wieder drum reißen,* an diesem Wahnsinnsfrühstückstisch, an dem man sehr gut erkennen kann, dass sie zwanzig Jahre lang Essen für eine ganze Pension zubereitet hat, das damals noch gut war.

Aber spätestens um eins will Mama abfahren, *daran wird nicht mehr gerüttelt*, und bis dahin möchte ich noch so viel wie möglich sehen. Immerhin ist das hier das Haus, in dem mein Vater gewohnt hat …

… ich meine, als kleines Kind.

Und als er so alt war wie ich.

Und später, als Jugendlicher.

Sein ganzes, langes Kinderleben.

Und das scheint Hans-Jürgen begriffen zu haben. Jedenfalls will er geradeheraus wissen, was mich am meisten interessiert, als wir kurz darauf zu zweit im Flur stehen.

Ich soll alles fragen, was mir in den Sinn kommt.

»Gibt es noch Markus' altes Zimmer?«

»Nicht mehr so, wie es mal war.« Er räuspert sich, doch natürlich bringt es wieder nichts. »Aber ein paar von seinen alten Sachen liegen noch dort. Und sein Bett ist auch noch da. Er hat immer da oben übernachtet, wenn er zu Besuch bei uns war.« Dann nickt er mir zu, umfasst das eiserne Geländer, steigt die Treppe hoch.

Und viel ist es tatsächlich nicht, was noch auf den Markus-Jungen hindeutet. Der *Knobelkasten Knifflig.* Ein Poster von *Element of Crime.* Ein paar alte Bücher, mehrere *Mosaik*-Comics. Sonst ist es eher ein Zimmer für alles, was im Haus keinen richtigen Platz hat. Darum dauert es auch einen Moment, bis ich das Foto auf dem Abstelltisch entdecke. Es steht in einem Rähmchen, halb von einem Wäschekorb verdeckt, und …

»Oh.«

Der Junge, der mit einem leichten Violettstich darauf abgebildet ist, ist vielleicht zwölf oder dreizehn. Er ist sehr blond und sehr sommersprossig, und er hat eine Stupsnase. Man könnte fast sagen, dass er aussieht wie ich, hätte er nicht viel schmalere Augen, einen hübschen anderen Mund, der mich sofort an Erika erinnert, und diese beknackte Stoppelfrisur.

Hans-Jürgen sieht mich an.

Ich gucke zurück.

Er sagt: »Als er älter war, hat er immer im Keller gehockt, bis zuletzt. Da findet sich also noch mehr von ihm. Willst du auch mal sehen?«

Und ob ich will. Ich muss mich sogar beherrschen, um nicht auf der Treppe zu drängeln. Erst auf den untersten Stufen werden meine Schritte allmählich zögernder. Schließlich weiß ich nicht, was jetzt kommt. Und nachdem mein Großvater die Tür zu einem Kellerraum aufgemacht und das Licht angeschaltet hat, bleibe ich wie festgewachsen stehen.

»Komm ruhig rein in sein kleines Reich.« Hans-Jürgen winkt mir, ihm zu folgen. »Markus hätte sich gefreut, es dir zu zeigen.«

Aber meine Beine gehorchen mir nicht. Mein Herz holpert wie wahnsinnig, und ich merke, wie mir das Blut in den Kopf schießt.

Da hängt nicht nur ein großes Foto von dem Mann, der mein Vater war. Da steht auch ein Drumset.

Bassdrum, Toms, Hi-Hat, Crashbecken und Snare.

Und das Einzige, was ich sagen kann, ist: »Komme gleich wieder.«

»*Das* hab ich nicht gewusst«, murmelt Mama, nachdem ich noch mal ins Wohnzimmer hochgerannt bin, um auch sie in den Keller zu holen. Weil ich unbedingt rausfinden muss, ob das, was es hier zu sehen gibt, Zufall ist oder so was wie eine unerlaubte Entdeckung, ob Mama es mir gar nicht sagen *konnte* oder ob sie es verheimlicht hat, wie so vieles andere. Das hasse ich nämlich: Wenn jemand unwissend tut und die Dinge, *die* er weiß, dadurch sozusagen zu etwas macht, das gar nicht vorhanden ist.

Ich gucke sie misstrauisch an.

Aber sie sieht ehrlich verdattert aus, als sie in den kleinen Raum eintritt, und ihre Stimme klingt kein bisschen verstellt. »Er hat mir nie gesagt, dass er Schlagzeug spielt.«

»Das hat er gern gemacht«, sagt Erika, die uns nach unten gefolgt ist. »Stundenlang konnte er hier sitzen und trommeln. Aber er hat immer nur für sich allein gespielt, nie in einer Gruppe und nie vor Zuhörern.«

»Es war wohl seine Art, sich zurückzuziehen«, fügt Hans-Jürgen hinzu.

Ich gucke mich um. Das Drumset. Sticks in verschiedenen Stärken. Eine Anlage, Boxen, eine kleine Couch. Musikzeitschriften. Und das Bild, von dem aus er mit seinen schmalen Augen zu uns runterblickt. Noch immer eine Stupsnase, die Haare etwas nachgedunkelt, Ringe unter den Augen.

»Das Foto haben wir aufgehängt«, sagt Erika, als sie sieht, wohin ich blicke. »Alles andere haben wir so gelassen, wie es war.«

Ob sie es abfotografieren dürfe, fragt Mama.

Sie darf.

»Dann hole ich mal meine Kamera aus dem Auto. Vielleicht können wir auch noch ein Foto von uns vieren machen.«

Ich drehe mich zu ihr um. Und ehe der Gedanke so richtig in meinem Kopf angekommen ist, sage ich schon: »Bring mir die CD mit. Und meine eigenen Sticks.«

»Lisbeth Falke!« Mama stöhnt. Aber es klingt nicht wirklich genervt.

Dass ich fragen muss, fällt mir erst ein, als ich mit meinen Großeltern allein bin. Immerhin ist das hier das *kleine Reich* ihres Sohnes, soll heißen, es handelt sich um Markus' Schlagzeug, und ich für meinen Teil hätte es selbst nicht so gern, wenn jemand sich an *meinem* zu schaffen machen würde. Darum finde ich es auch ganz schön schwierig, mit der Frage rauszurücken. Aber dann denke ich an mein Kind später, mit dem ich zusammen an meinem Set trommeln werde, und weiß, dass das etwas anderes ist, als wenn es sich um jemand X-Beliebigen handelt. Bestimmt würde Markus das auch so sehen, wenn er jetzt hier wäre. Für ihn wäre ich niemand X-Beliebiges. Und als ich schließlich sage, was ich möchte, beziehungsweise frage, ob ich darf, ich sei auch ganz vorsichtig und außerdem hätte ich schon seit viereinhalb Jahren Unterricht, kommt es mir fast unnötig vor.

»Das gibt's doch gar nicht, sie spielt Schlagzeug!«, sagt Erika auch nur matt zu Hans-Jürgen und lässt sich auf die Couch sacken.

Hans-Jürgen lächelt auf diese versunkene Art und sagt, dann sei es ja nur gut, dass er mich hier runtergeführt habe, irgendjemand müsse die Trommeln ja in Schwung halten.

Dann steht Mama schon wieder in der Tür. »Das wird jetzt vermutlich sehr laut«, warnt sie meine Großeltern, legt die CD auf den Schlagzeughocker und hält mir meine Sticks entgegen.

»Wir kennen das. Man hört es sogar im Nachbarhaus.« Erika lächelt und lässt sich von Hans-Jürgen hochhelfen. »Am besten, wir lassen Lisse allein. Das Bild nehmen wir solange mit hoch, es ist wohl besser, wir holen es zum Abfotografieren aus dem Rahmen.«

Und das ist mir sowieso am liebsten. Hier unten allein zu sein. Wobei *allein* vielleicht nicht ganz zutrifft, denn kaum hat sich die Tür hinter den anderen geschlossen, spüre ich *ihn*. Das ganze Zimmer ist von ihm erfüllt, auch ohne das Foto. Und das ist auch kein Wunder. Hier ist er schließlich zu Hause.

»Okay.« Ich schalte die Anlage an und lege die CD in die Schublade. »Dann wollen wir mal.«

Als die ersten Töne erklingen, sitze ich schon am Drumset. Die Toms sind höher eingestellt als meine zu Hause und das Crashbecken hängt in einem anderen Winkel, aber egal. Ich nutze Track Nummer eins einfach zum Reinkommen und gut ist. Beim zweiten kann ich fast sofort mit einsetzen und aus dem Gedächtnis zumindest den Grundrhythmus und sogar zwei, drei einfache Fills mitspielen. Bloß das große Drumsolo überlasse ich dem Schlagzeuger auf der CD, das muss ich erst üben.

Dann kommt der dritte Track, der mit der Clave. Ich weiß weder, wie das Lied heißt, noch, von welcher Band es ist, aber es ist auch nicht wichtig. Denn das hier ist der Markus-Track und vielleicht auch ein bisschen meiner … sag ich jetzt mal so. Wo ich ihn so oft angehört hab auf Mamas und meiner Reise. Und wo er so nach Sonne klingt und Unterwegssein und Abenteuer.

Bumm di m di-di m bumm bumm m.

Meine Hände und Füße müssen den Beat gar nicht suchen. Er steckt wie von selbst in ihnen drin, und das ist auch gut so, denn nachdenken, was zu tun ist, würde gerade nicht gehen. Ich bin viel zu voll von anderen Dingen. Es ist, als würde alles, was in diesem verrückten Sommer passiert ist, noch mal im Schnelldurchlauf in mir abspulen, mit vielen Hin- und Hersprüngen wohlgemerkt, und ich bin traurig und froh und alles durcheinander, und plötzlich muss ich auch noch heulen.

Weil mein Vater gestorben ist.

Und weil er Drummer war.

Und weil ich neue Großeltern hab.

Und weil sie auch noch wahnsinnig nett sind.

Und weil Mama früher so viel Schlimmes erlebt hat.

Und weil ich eine Freundin gefunden hab, die noch netter als wahnsinnig nett ist.

Und weil Markus gerne ein Kind gehabt hätte und keins bekommen hat, obwohl es mich gibt.

Und weil ich vermutlich nie wieder an einem Baum vorbeigehen kann, ohne an ihn zu denken.

Und weil es unheimlich Spaß macht zu trommeln.

Und weil Benedikt seinen toten Freund identifizieren musste.

Und weil Mama so fröhlich aussah, als sie Rolf wiedergetroffen hat.

Und weil sie Angst um mich gehabt hat.

Und weil sie geweint hat.

Und weil es so toll war, mit ihr im Feld zu übernachten … und sie in unserem Smart durch den Wald zu kutschieren … und sogar, mit ihr ins Museum zu gehen.

Und weil ich mich auf einmal so sehr auf zu Hause freue.

Auf mein Zuhause. Das gemütlichste der Welt.

Dann ist das Lied zu Ende, und ich lasse die Sticks sinken.

»Jetzt kann ich nicht mehr«, sage ich in den Raum hinein, schalte die CD aus und wische mir die Nase am T-Shirt-Ärmel ab.

25.

»Für unterwegs«, sagt Erika, als wir zu viert neben unserem Auto stehen, das vor der Abfahrt noch mal mit weit geöffneten Türen durchlüften soll, und hält Mama eine pralle Provianttüte hin. »Und fahrt vorsichtig!«

»Natürlich.« Mama nimmt die Tüte, hebt sie ein paarmal an und lässt sie wieder sinken, um ihr Gewicht zu schätzen. »Meine Güte! Wer soll das denn alles essen?«

Erika lächelt sie an, und ihr Gesicht ist so hübsch dabei, dass ich richtig stolz bin, ihre Enkelin zu sein. »Das schafft ihr schon. Ansonsten hilft euch bestimmt … Wie heißt dein Stiefvater, Lisse?«

»Jamal.«

»… hilft euch Jamal damit.« Jetzt lächelt sie in meine Richtung. Und ich finde es ja so nett, dass sie das sagt! Da erwähne ich lieber nicht, dass Jamal eher nicht der Typ *Resteverdrücker* ist, sondern der Feinschmecker der Familie und beste Koch der Welt. Und auch nicht, dass Mama bereits in Rostock für die Rückfahrt eingekauft hat.

»Ich habe dir übrigens ein Fläschchen Holundersirup dazugestellt«, fügt Erika hinzu. »Für den einen oder anderen Hollerpunsch. Hab ich dir eigentlich erzählt, dass der Markus' Lieblingsgetränk war?«

»Jedenfalls war er das eine Zeit lang«, sagt Hans-Jürgen und stößt ein Geräusch aus, das klingt, als müsste er gleichzeitig lachen, seufzen und sich räuspern.

Über Mamas Gesicht wandert ein schiefes Grinsen. »Dann brechen wir wohl jetzt mal auf. Es ist zwar kein Wochenende mehr, aber bestimmt erwischt uns dafür die Rückreisewelle. In Niedersachsen geht Donnerstag nämlich die Schule los.«

»Oh nein!«, stöhne ich, und diesmal ist es ein zwar etwas heiseres, aber ganz echtes Lachen, das Hans-Jürgen zustande bringt.

»Ja ja, ich weiß noch. Der schreckliche Schulbeginn.« Er streckt beide Hände aus. »Solveig! Lisse! Bis zum nächsten Mal!« Und die Hand, die meine erwischt, drückt erstaunlich fest zu.

»Kommt wieder«, sagt Erika, als sie an der Reihe ist, sich von uns zu verabschieden. Dass wir sie auch gerne zu dritt besuchen könnten, Platz sei genug. Und dass es, wenn wir Raum für uns bräuchten, ja auch noch die Pension gebe.

Mama sieht ihr in die Augen. Sagt Danke. Zögert kurz und umarmt dann meine Großmutter.

Einen Moment stehe ich da und weiß nicht, was nun passieren soll. Im nächsten spüre ich, wie sich Erikas Arme um meine Schultern legen. Zwei alte Arme in seidigen Pulloverärmeln, die noch nie ein Enkelkind festgehalten haben. Ich lege meine eigenen vorsichtig auf ihren Rücken. Dann drückt sie mich an sich.

»Tschüss, Lisse«, sagt sie leise, und plötzlich ist da wieder diese Versunkenheit, als würde sie sich an etwas erinnern, das lange zurückliegt. Aber gleichzeitig ist sie auch hier, ganz nah bei mir, und nachdem sie mich losgelassen hat, gucken wir uns an und sie streicht mir noch mal über die Haare.

»Tschüss.« Ich werfe einen letzten Blick auf das graue Haus mit dem spitzen Dach. »Bis dann.«

Als wir aus dem Dorf rausfahren und auf die Landstraße gelangen, die uns laut Ausschilderung zur A 19 bringen soll, hab ich schon zwei Handvoll Russisch Brot verdrückt und bin ganz froh, dass wir nicht nur mit Mamas Rostock-Proviant reisen müssen, der hauptsächlich aus Äpfeln, getrockneten Feigen und Müsliriegeln besteht. Erikas Tüte ist da deutlich ergiebiger.

»Gib mir auch mal was ab«, sagt Mama und treibt den Smart so zügig von dreißig auf hundert km/h hoch, dass er ordentlich ins Singen gerät. »Sonst kann man dieses Gefutter ja nicht ertragen!«

Ich suche ihr ein S, ein O, ein L, ein kaputtes V, ein E, ein I und ein G aus der Tüte, und jedes Mal wenn ich ihr einen Buchstaben reiche, ist der vorherige schon knackend und knuspernd verschwunden.

»Lecker. Hab ich ewig nicht gegessen.«

»Sind ja auch Omaopakekse«, sage ich. »So was kriegen wir sonst nicht …« Ich überlege. »Wann waren wir eigentlich das letzte Mal bei Oma und Opa? Vor drei Jahren oder vor vier?«

»Vor drei, glaub ich. Das war auf der Durchfahrt nach Holland, soweit ich mich erinnere. Damals, mit Jamal. – Sorry, Lisse. Nicht mal Großelternbesuche kann ich dir bieten. Ich halte es dort einfach nicht aus.«

Großzügig winke ich ab. »Es hat damals sowieso kein Russisch Brot gegeben, sondern nur dieses komische Mittagessen in dem sauteuren Restaurant. Und Opa hat mich immer *Lisa* genannt.«

Mama grinst mir im Innenspiegel zu.

Ich grinse zurück und denke an meinen Vater, der ganz anders war als mein Opa. Dann fällt mir was ein, und ich lasse den Spiegelblick nach hinten auf die Rückbank wandern.

Taschen, mein Rucksack, die Regenjacken …

»Und?«, fragt Mama. »Geist an Bord?«

… Tüten, Beutel, die Turnschuhe …

»Nein«, sage ich.

»Keiner, den man sehen kann?«

»Gar keiner. Ich glaub, er ist jetzt erst mal genug durch die Gegend gefahren.«

Mama nickt. Da sei er nicht der Einzige. Nur dass *wir* beide uns jetzt erst noch ein paar Stunden mit den ganzen Ostseetouristen vergnügen dürften. Sie geht vom Gas und muss sogar ruckend auf die Bremse treten, weil die Bundesstraße sich kurz vor der Autobahnauffahrt immer mehr füllt. Dann dreht sie die Autoanlage an, schaltet auf Radio und landet gleich im richtigen Sender für den Verkehrsfunk. Allerdings kommen keine Staumeldungen für die A 19 und die A 20, und der zähfließende Verkehr rund um Hamburg klingt nicht allzu dramatisch.

»Toitoitoi«, sagt Mama und will gerade schon wieder die Anlage ausstellen, da wirft sie mir einen schnellen Blick zu. »Musik?«

Ich denke an die CD in meinem Seitenfach und schüttle den Kopf. »Jetzt nicht.«

»Muss ich mir Sorgen machen?«

Das muss sie nicht. Morgen, in meinen heiligen dreißig Minuten werde ich mich samt Markus' *Travel Mix für Solveig* ans Schlagzeug setzen und üben, da kann Mama Gift drauf nehmen. Und nach den Ferien nehme ich die CD mit in den Unterricht, für den Feinschliff. Aber für heute hab ich genug. Ich möchte einfach nur dasitzen, aus dem Fenster gucken und leckere Omasüßigkeiten futtern, während wir uns Kilometer für Kilometer Hannover nähern.

»Na dann«, sagt Mama. Blinkt und fährt in einer großen Kurve auf die Autobahn auf.

Okay. Vielleicht möchte ich auch ein bisschen schlafen.

Und irgendwann, als ich überhaupt kein Zeitgefühl mehr hab und weder sagen könnte, seit wie vielen Stunden wir schon im Auto sitzen, noch, ob wir eine Woche verreist waren oder ein Jahr oder ein ganzes Leben, erkenne ich immer mehr wieder. Erst die Ortsnamen auf den Schildern, dann die Stadtteil-Ausfahrten, dann die Straßen und Gebäude von Hannover.

Alles ist mir vertraut und trotzdem ist es mir fremd, als wäre etwas mit all dem Bekannten passiert, während ich weg gewesen bin. Oder als wäre etwas mit mir passiert und alles andere geblieben, wie es war.

»Sims mal Jamal und warne ihn vor, dass wir in zehn Minuten vor der Tür stehen«, sagt Mama, als wir uns durch den Spätnachmittagsverkehr zum Aegidientorplatz vorarbeiten.

Ich angle mir meinen Rucksack und hole mein Handy hervor. »Du meinst, ich soll ihm Bescheid sagen, dass er uns gebührend empfangen soll? Am besten mit was Leckerem zu essen?«

»Das hast du gesagt«, bemerkt Mama.

Womit sie recht hat. Und damit Jamal nicht glaubt, er würde sofort wieder mit allem Möglichen eingespannt und müsste schon vor unserer Ankunft einen neuen Kühlschrankcartoon zeichnen, damit er aber trotzdem nicht auf den Gedanken kommt, nach einer siebentägigen Reise zu zweit hätten wir vergessen, dass wir eigentlich alle drei zusammengehören oder dass sein Essen das beste der Welt ist und besonders gut nach langen Autofahrten schmeckt, halte ich mich einfach so allgemein wie Mama. *Nimm dich in Acht!*, tippe ich. *In zehn Minuten kommen die Damen Falke zurück!*

Die Antwort lässt nicht lange auf sich warten. Mitten auf dem Aegi schneit sie rein.

Ich freue mich auf euch, meine Lieblingsdamen! Und hoffe, ihr bringt Hunger mit.

Als ich das lese, werde ich ganz kribbelig vor lauter Sehnsucht, und es ist kaum auszuhalten, dass Mama an der nächsten Ampel schon wieder bremsen muss, weil sie direkt vor unserer Nase auf Rot springt.

Aber schließlich biegen wir um die letzte Ecke, und da sind der Markt und der Brunnen, und vor unserem Haus steht Jamal und guckt. Als er uns entdeckt, grinst er und winkt Mama ein Stück weiter zu einer versteckten Parklücke am Ende des Platzes.

Kaum hat Mama den Motor ausgeschaltet, stehe ich schon auf dem Bürgersteig.

»Hey, Lisse«, ruft Jamal. Und als ich in seinen Armen abtauche, kommt mir mit einem Mal gar nichts mehr fremd vor, sondern es fühlt sich eher an, als wäre ich gar nicht weg gewesen, als wäre es erst einen Wimpernschlag her, seit ich das letzte Mal so dagestanden hab, den Kopf an seine Brust gelehnt, atmende Wärme an meiner Wange. Nur die Korbtasche, die damals neben meinen Füßen auf die Abfahrt gewartet hat, liegt noch voller Äpfel und Müsliriegel im Auto, und der süße Duft nach Karottenkuchen fehlt. Dafür hängt in Jamals T-Shirt ein leichter Geruch nach Fritteuse, der ist zwar nicht ganz so gut, verheißt aber umso Besseres.

Dann kommt Mama mit steifen Autofahrerbeinen um den Smart gestakst, sagt Hallo, Jamal, und ich gebe ihn frei.

»Heyhey«, sagt er, und seine laute Stimme klingt dabei so glücklich, dass man richtig *hören* kann, wie sehr sie sich lieben.

Ich wende mich wieder zum Auto, um die Küsserei nicht aus nächster Nähe mit ansehen zu müssen, mache die Tür zur Rückbank auf, will mich gerade hineinlehnen, um meine Sachen zusammenzusuchen, da dringt aus Richtung der Eisdiele ein sehr bekannter Ruf an meine Ohren.

»Liiiis-seeee!«

Gottogott. Manche Dinge ändern sich wirklich nie.

Aber sogar das ist schön.

Irgendwie.

26.

»Das gibt's ja gar nicht!«, rufe ich, als ich eine Viertelstunde später mit meinem Rucksack in die Wohnung gestampft komme und mein Koffer und alle anderen Sachen schon auf wundersame Weise im Flur stehen. »Erst tut sie immer so freundlich, diese Arschkuh, dass ich denke, wenn ich nur ein bisschen nett zu ihr bin, ist sie es bestimmt auch, und im nächsten Moment sagt sie wieder was derartig Bescheuertes, dass ich die Krise kriege! Hat einfach behauptet, so eine popelige Spritztour durch Deutschland wär gar keine richtige Reise, wenn, dann müsste man richtig in Urlaub fliegen. Und Wölkchens eklige Hundekacke macht sie auch nicht weg.«

»Ärgere dich nicht«, sagt Jamal, der auf unserem Tritthocker steht und gerade damit beschäftigt ist, den großen Leinensack mit seinem Zelt auf dem Einlegeboden vom Flurkabuff zu verstauen. »Solche Leute muss man kennen, damit man später Geschichten zu erzählen hat.«

Ich reiche ihm den Extrabeutel mit den Stangen, den Mama und ich nicht mehr im Zeltsack unterbringen konnten.

»Pfff. Da kenne ich lieber andere Leute und erzähle andere Geschichten.«

»Davon hast du doch bestimmt auch eine Menge auf Lager nach der letzten Woche …« Er steigt vom Hocker runter und schiebt mich an den Gepäckbergen vorbei in Richtung Küche, aus der ein verdächtig würziger Geruch strömt. »Erzähl mir eine davon, während ich den Erdnusseintopf fertig mache. Ich hab noch gar nichts gehört, weil Solveig sofort unter die Dusche gesprungen ist.«

»Erdnusseintopf?« Ich gebe mir Mühe, ganz normal zu fragen, aber ich fürchte, meine Stimme klingt ein wenig enttäuscht. »Du hast eben noch ganz anders gerochen. Eher nach …«

»… Yams-Fritten?« Er zwinkert mir zu. »Oder meinst du vielleicht nach Roter Grütze mit Vanillesoße? Das gibt's auch alles, keine Sorge. Ich muss die Fritten allerdings schon ein Weilchen im Backofen warm halten, weil ich nicht genau wusste, wann ihr kommt. Vielleicht solltest du besser ein paar vorab essen, solange sie noch einigermaßen frisch sind, was meinst du?«

Dafür kriegt er gern seine Geschichte. Ich setze mich an den Küchentisch und denke nach. Denke an die vielen Leute, denen ich in den letzten Tagen über den Weg gelaufen bin, denke an die, die dabei wichtig geworden sind, und an die, die ich vermutlich nie mehr wiedersehen werde. Und nachdem Jamal mir eine voll beladene Untertasse und die Ketchupflasche hingestellt hat, weiß ich, von wem ich ihm erzählen werde, bevor Mama dazukommt und wir alles Übrige berichten.

»Okay.« Ich klappe den Deckel der Ketchupflasche auf und spritze einen ordentlichen Strahl auf das Tellerchen. »Im Hotel in Berlin, also, in der *Fabrik*, da war so eine Frau im Waschraum. Ich hab mir gerade die Zähne geputzt, aber als sie vom Klo kam, hat sie sich einfach ans Waschbecken gedrängelt, und ich hab mich total mit der Zahnpasta eingesaut.«

Jamal rührt den Eintopf um, würzt mit Cayennepfeffer nach, schließt den Pfannendeckel wieder und stellt die Herdplatte höher, offenbar, um dem Essen noch mal kräftig einzuheizen. Anschließend dreht er sich um und sieht mich fragend an. »Aha, und dann?«

Ich schiebe mir eine ketchupgetränkte Yams-Fritte in den Mund, und sie schmeckt so wunderbar, wie etwas nur schmecken kann.

»Nichts *und dann.* Außer, dass sie sich kurz entschuldigt hat. Danach ist sie gegangen, und wir haben uns nicht mehr gesehen. Ich kann mich nicht mal mehr daran erinnern, wie sie aussah, nur, dass sie ein gepunktetes Oberteil anhatte.«

Jamal kratzt sich am Kinn.

»Verstehst du«, sage ich, Fritten essend, »das war nichts Besonderes, aber es gehörte zu unserer Reise wie alles andere: die ganzen Leute, die wir getroffen haben, und sogar die Tiere. Die Fliege auf dem Globus und Benedikt, der dabei war, als Markus eingeäschert wurde, und das Wildschwein im Feld und Stella und Frau Moppel und Tobias, der schon mal im Knast saß, und meine Großeltern in Rövershagen.«

»Deine – *was*?« Jamal starrt mich an. Dreht sich wieder halb zum Herd um, stellt den Schalter auf null, öffnet die Pfanne, in der es brodelnd kocht. »Sag bloß, ich musste *deshalb* Solveigs Chef beschwatzen, damit er ihr noch länger freigibt? So ganz genau hab ich nämlich nicht verstanden, was du mir in deiner SMS mitteilen wolltest. Nur dass es um irgendeine Grabsuche ging …«

Mit der letzten Fritte wische ich die Ketchupreste auf. »Darum ging es ja auch. Und *danach* um Markus' Eltern. Aber das kriegst du alles gleich zu hören, beim richtigen Essen. Für so eine kleine Portion«, ich deute auf die blanke Untertasse, »gibt's nur *eine* Geschichte über *eine* Person. Übrigens, hast du viel geraucht, während du allein warst? Oder ging es?«

»Mademoiselle Falke!« Jamal hebt die Pfanne von der Platte, als wollte er mir damit drohen. »Hab ich dir eigentlich schon gesagt, dass du mir gefehlt hast? So sehr, dass ich nicht mal Lust auf eine Zigarette hatte, weil ich mir die ganze Zeit dein angewidertes Gesicht vorstellen musste …«

»Gut«, sage ich. »Sehr gut.«

Und oh.

Mit jeder Minute, die ich zu Hause bin, merke ich, wie sehr *mir* alles gefehlt hat.

Jamal. Und Mama und Jamal zusammen, wie sie am Tisch sitzen, miteinander reden und sich hinterher noch aufs Sofa kuscheln, um weiterzuplaudern. Und dass man dann merkt, hier sind zwei Erwachsene, die zusammenhalten, auch wenn sie manchmal ein bisschen fies zueinander sind oder sich streiten und der eine oder andere Cartoon nötig wird, damit sie wieder lachen.

An diesem Abend lachen sie aber auch ohne, zumindest ab und zu, manchmal reden sie auch ernst, allerdings anders ernst als vor unserer Reise, soll heißen, friedlich-ernst, nicht verzweifelt-ernst, soll heißen, ohne Pfützenaugen und Zigarettenatem, sondern ganz ruhig und nur mit ein bisschen *Tagesschau* dazwischen. Zumindest hört es sich von meinem Zimmer aus so an.

Denn oooh!

Mein Zimmer. Mein eigenes, noch-immer-etwas-zu-warmes Zimmer unter dem Dach.

Das Erste, was ich sehe, als ich nach dem Essen mit meinen Reisesachen eintrete und mir dieser wunderbare und vielleicht ein bisschen stickige Geruch entgegenschlägt, ist die Postkarte auf meinem Schreibtisch. Sofort schmeiße ich meinen Rucksack aufs Bett und mich selbst auf den Drehstuhl.

Liebe Lisse, lese ich. *Heute ist unser letzter Tag in Spanien und wir bummeln nur noch ein bisschen rum. Eben hab ich deinen Brief bekommen, gerade noch rechtzeitig! Cool, dass ihr doch noch weggefahren seid. Melde dich, wenn du zurück bist, damit wir uns in den Ferien noch mal treffen können. (Am besten mit Übernachtung.) Und Samstag nach Schulbeginn feiere ich meinen Geburtstag, yay! Deine Fenja*

Außerdem liegt da ein Zettel, auf dem Jamal alle Anrufe notiert hat, die auf dem Festnetztelefon für mich eingegangen sind, während ich weg war. Zweimal Hanna, einmal Fenja, einmal … Amelie.

Hä? Muss man das verstehen?

Nein, vielleicht nicht. Jedenfalls nicht mehr heute oder sagen wir: in diesem Sommer. Ein bisschen was muss man sich ja noch für später aufheben.

Jetzt jedenfalls möchte ich einfach nur dasitzen, vor mich hindenken und dann wieder aufstehen und im Zimmer rumgehen, nach dem verliebten Taubenpaar sehen und mal ganz kurz die Bassdrum treten, einen kleinen Willkommenswirbel auf der Snaredrum trommeln und –

»Lisse!«, kommt es aus dem Wohnzimmer gebrüllt. »Es ist nach zwanzig Uhr!«

»Ja ja!«, brülle ich zurück.

Prrrrrr…rrrrr…rrr.

Und Stille.

Natürlich sind Mama und Jamal *ziemlich* okay, aber …

Egal. Sie *sind* okay. Auch wenn ich später, wenn ich selber ein Kind hab, natürlich noch tausendmal okayer sein werde.

Nachdem der Spätsommerhimmel dunkel geworden ist und ich mir exakt drei Minuten und fünf Sekunden die Zähne geschrubbt hab, dann ordentlich mit Zahnspange im Mund in mein Zimmer zurückgegangen und schließlich unter meine höchsteigene, weltbeste Bettdecke gekrochen bin, kommt Jamal als Erster zum Gute-Nacht-Sagen hoch. Mit einer Mappe setzt er sich auf den Bettrand.

»Willst du mal kurz gucken? Ich hab heute ein paar Probedrucke gemacht.«

Klar will ich. Will sehen, was die *Schwarze Lilie* in der *Stadt der Schatten* getrieben hat, während Mama und ich in Ostdeutschland unterwegs waren. Es ist nicht immer alles astrein, was sie so macht, Jamals mürrische Heldin, aber bei wem ist es das schon. Außerdem sieht sie saumäßig cool aus mit ihren dunklen Haaren und den knallblauen Augen, mit dem schwarzen Cape und dem hohem Kragen, den durchtrainierten Beinen, wie Mama sie hat, und dem Busen, der nicht größer ist als unbedingt nötig.

»Wow, hast du viel geschafft!«

»Kann man so sagen.«

Ich lese die Texte in den ersten Panels und blättere die Seiten durch, um mir einen groben Überblick zu verschaffen. Danach stoße ich einen Seufzer aus. »Ich wünschte, ich sähe auch so aus. Da würde keine Gefahr bestehen, als *niedlichste* Schlagzeugerin der Welt gekürt zu werden.«

»Ich finde, Lilie und du, ihr habt durchaus Ähnlichkeiten«, entgegnet Jamal. »Die Augen sind ganz klar deine … und die Beine sind sicher auch demnächst vergleichbar, wenn du weiterhin so viel trommelst.«

»Ha-ha-ha. So würde ich vielleicht irgendwann aussehen, wenn du mein Vater wärst. Tatsache ist aber, dass ich barbieblond bin und eine Stupsnase hab. Und Sommersprossen, genau wie mein Vater.«

Jamal schiebt die Drucke wieder zu einem ordentlichen Stapel zusammen. »Und, ist das ein Problem?«

Ich denke nach. Nun ja. Vielleicht wächst es sich ja noch aus mit der Niedlichkeit. Immerhin war Markus auch Drummer, und dass andere *ihn* niedlich fanden, wage ich zu bezweifeln, Stupsnase hin oder her.

»Eigentlich nicht«, sage ich, und als ich aufgucke, steht plötzlich Mama im Zimmer und hört, ans Regal gelehnt, zu. »Aber ein paar Gene hätte ich auch gerne von dir abgekriegt. Wenigstens zeichnen würde ich sie gerne können. Also, die Schwarze Lilie. Und außerdem Rorschach und Hazel …«

»Da hilft nur Üben.« Jamal steht von der Bettkante auf. »Und natürlich gute Anleitung. Aber schlaf jetzt erst mal, Süße. Morgen sehen wir weiter, was sich da machen lässt. – Wo hast du eigentlich deinen alten Frotteefant gelassen?«

»Im Friedwald«, antworte ich.

Im nächsten Augenblick sitzt schon Mama neben mir, um Gute Nacht zu sagen. Allerdings sieht sie eher so aus, als könnte sie jede Sekunde auf mein Kissen kippen und selbst einschlafen.

»Jaaa«, sagt sie auch nur und versucht dabei ein Gähnen zu unterdrücken. Es entwischt ihr trotzdem und will gar nicht mehr aufhören. Hinterher beugt sie sich zu mir runter und gibt mir einen Kuss auf die *niedliche* Nase. »Danke, dass du diese Reise mit mir gemacht hast. Mir bedeutet das viel, hörst du?«

»Kein Ding. War besser, als die ganzen Ferien zu Hause zu hocken.«

»Immerhin«, sagt sie und lächelt müde. »Da hat es sich ja gelohnt. – Ach so …« Sie steht auf und holt einen Bogen Fotopapier aus dem Regal, den sie offenbar dort deponiert hat. »Bloß ein schneller Ausdruck vorab. Ich lasse das Foto noch richtig für dich abziehen und rahmen.« Sie legt das Blatt auf meinen Nachttisch, Markus' Gesicht glänzt in etwas zu grellen Farben im Lichtschein auf, doch bevor ich es näher anschauen kann, schaltet sie die Bettlampe aus und geht im Dunkeln zur Tür. »Bis morgen. Schlaf gut.«

»Gute Nacht«, sage ich.

Im nächsten Moment bin ich allein im Zimmer, lausche.

Schritte. Gemurmel. Wieder Schritte, dann Wasserrauschen im Bad. Ich warte noch, bis ich die Schlafzimmertür zuklappen höre. Schließlich drehe ich mein heiß gewordenes Kopfkissen auf die kühle Seite und knipse das Licht wieder an.

***

Liebe Stella!

Wie geht es dir? Und wie war's in Rostock bei deinem Vater? War es witzig mit ihm?

Weißt du, <u>was</u> witzig ist? Ich hab jetzt auch Familie in Mecklenburg-Vorpommern. Sogar ganz in der Nähe von Rostock, in Rövershagen. Es hat sich nämlich rausgestellt, dass die Eltern von meinem Vater da wohnen, also meine Großeltern. Und mein Vater liegt dort im Friedwald begraben. Ich meine, seine Asche.

Was bedeutet …

Na?

Naaa?

Genau!

Was bedeutet, dass wir jetzt ab und zu dort hinfahren.

Was bedeutet, dass WIR beide uns ganz bestimmt wiedersehen. Auf der Durchreise und überhaupt.

Übrigens kannst du auch gerne mal nach Hannover zu Besuch kommen. Mit dem Zug. Ich frage meine Mutter, ob wir dir eine Fahrkarte schenken können, zum Beispiel zu Weihnachten, und du kommst gleich danach zu uns. Dann spiele ich dir was auf dem Schlagzeug vor, und wir wollen mal sehen, ob du mich danach irre findest oder nicht. Und wir heizen unseren Kaminofen ein und lesen Comics. Und wir fahren Schlittschuh auf dem

Maschsee, vorausgesetzt, er friert wieder zu. Hoffentlich. Seit heute freue ich mich nämlich offiziell auf den Winter. Jetzt, wo die Ferien eh so gut wie vorbei sind. Kann ja nicht immer Sommer bleiben. Gerade muss ich sogar an Schnee denken. Wie er sich auf alles drauflegt, ganz weiß und still.
Auf die Bäume. Und auf die Straßen.
Und wie es dann dunkel wird und Nacht, und von irgendwo hört man vielleicht ein leises Trommeln.
Gleich treffe ich mich mit Fenja und Hanna aus meiner Klasse zu einer spontanen Übernachtungsaktion. Und übermorgen ist wieder Schule. (Uaaaah!)
Schreib mir bald zurück!
Deine Lisse

Ein Sommer dauert mitunter lang, ein Vatersommer erst recht, und es ist schön, jeden seiner Tage voll ausschöpfen zu können.

Das Niedersächsische Ministerium für Wissenschaft und Kultur hat mir durch die Gewährung des Stipendiums für Kinder- und Jugendbuchautoren ermöglicht, mir für Lisses Geschichte die Zeit zu nehmen, die sie brauchte, und so auch noch den allerletzten Sommersonnenstrahl in sie einzuflechten.

Ganz herzlichen Dank dafür!

Huppertz, Nikola:
Woher ich meine Sommersprossen habe
978 3 522 18483 0

Gesamtgestaltung: Felicitas Horstschäfer
Einbandtypografie: Felicitas Horstschäfer
Innentypografie und Satz: Arnold & Domnick
Reproduktion: Medienfabrik GmbH
Druck und Bindung: GGP Media GmbH, Pößneck

FSC www.fsc.org
MIX
Papier aus verantwortungsvollen Quellen
FSC® C014496